우리가 정말 알아야 할 우리 고전

황소에게 보내는 격문 外

우리가 정말 알아야 할 우리 고전
황소에게 보내는 격문 外

초판 발행 | 2001년 12월 10일
9쇄 발행 | 2016년 2월 15일

글 | 조면회
그림 | 이영원
펴낸이 | 조미현

펴낸곳 | (주)현암사
등록일 | 1951년 12월 24일 · 10-126
주소 | 04029 서울 마포구 동교로12안길 35
전화번호 | 365-5051 · 팩스 | 313-2729
전자우편 | editor@hyeonamsa.com
홈페이지 | www.hyeonamsa.com

ISBN 978-89-323-1115-9 03810

우리가 정말 알아야 할 우리 고전

글 _ 조면희 그림 _ 이영원

황소에게 보내는 격문

外

현암사

"천 년이 지났으나 예스럽지 않다(歷千劫而不古)"는 말이 있다. 천 년이라는 긴 세월을 거쳤으면서도 여전히 새롭다는 뜻이리라. 오랜 세월을 거치는 동안 수많은 평가를 새로이 받으며 그 때마다 명작으로 인정받아 온 작품을 우리는 고전이라고 한다. 시대를 뛰어넘는 영원성, 옛것이면서도 언제나 '현재'에 살아 있다는 것이 고전의 참다운 가치다.

문학은 시대와 사회와 개인의 삶을 총체적으로 비추어 주는 거울이다. 특히 고전 문학 작품은 인생과 세계에 대한 선인들의 치열한 경험과 진지한 사색의 결과물이다. 그러므로 우리는 이것을 통하여 바람직한 삶을 사는 지혜와 힘을 얻거나, 인간의 크고 작은 꿈을 들여다볼 수 있게 된다. 고전은 우리 삶의 길잡이이며 자양분이다. 바로 이것이 우리가 어린 시절부터 고전이 지성과 감성을 연마하는 한 방법이라고 배워 온 까닭이다.

우리 나라 고전 문학 작품은 대개 신문화가 본격적으로 들어오기 전인 갑오경장 이전의 작품을 말한다. 비록 세계의 고전 문학 작품에 비하여 양적으로 그다지 많지 않고 형상화된 세계가 다양하지는 않지만 우리의 옛 시대 정신과 선인들의 삶의 훌륭한 결정체이다. 특히 '이야기책'이라고도 불리던 우리 고전 소설 속에 투영된 삶과 죽음, 사랑과 이별, 이런 것들이 주는 고통과 기쁨, 슬픔과 환희 그리고 유한한 인간으로서의 한계와 인간 사회가 주는 제약을 뛰어넘으려는 꿈은 어느 날 불쑥 생겨났거나 문명화되고 세계화된 오늘날 비로소 생겨난 것이 아니다. 오늘날의 문명화와 세계화는 오랜 세월 동안 도도히 흘러내려 온 한민족이라는 강줄기에 더해진 자극과 변화의 결과일 따름이다.

우리 고전을 재미있게 읽을 수 있는 가장 중요한 조건은 무엇보다도 우리가 한민족이라는 강줄기를 이루는 작은 물방울들이라는 데 있다. 우리는 누구나 문화 전통을 이루는 데 기여하고 누리며 전승하는 주체로서, 조상에게서 이미 우리만의 정서가 흐르는 피를 물려받았다. 열녀 춘향, 효녀 심청, 개혁 청년 홍길동, 이상적인 남성 양소유, 이들은 우리의 정신과 정서가 만들어 낸 인물들이다.

그런데도 고전 읽기가 즐겁지 않았던 데에는 정신에 앞서 표현의 문제가 크게 작용하였을 것으로 생각된다. 무엇보다 낯선 고사의 인용과 한문 어구의 빈번한 삽입, 익숙하지 않은 문어투와 내용 파악이 어려운 비문투성이의 긴 문장이 큰 원인이었다. 언어 문자는 정신과 문화의 소산이다. 언어는 시대의 변화에 따라 저절로 변하는 것이 그 본질이다. 그러나 우리의 언어 문자 변화에는 적지 않은 외적 요인이 작용하였다. 한글 창제 이전부터 보편적인 표기 수단이었던 한문자 사용의 오랜 전통과 습관, 신문화의 격랑과 함께 시작된 일제 36년 동안의 의도적인 우리말 말살 정책, 이에 더하여 해방 이후 오늘날까지 우리 사회를 온통 뒤덮은 영어 사용의 보편화 등등. 이로 말미암아 한글과 영어 시대를 사는 우리 젊은이에게 우리 고전은 무척 어렵고 낯설고 재미없는 것으로 인식되어 온 것이다.

작품은 작가가 창작한 원작 그 자체로 읽히고 평가되어야 한다. 그러나 그러한 원칙을 위하여 고전 작품 자체가 잊혀지거나 도서관 깊숙이 사장되어서는 안 된다. 학문 연구의 대상으로 상아탑 속에 안주하는 것도 바람직한 일이 아니다. 여기에 '원작에 대한 반역'이라고까지 이야기하는 '손질'을 감행할 수밖에 없었던 이유가 있다. 한문으로 된 문장은 우리말 글로 풀어 쓰고, 고사는 해설을 삽입하여 주석이 없이도 누구나 쉽게 읽을 수 있도록 하였다. 비문이나 번역투의 매끄럽지 못한 문장은 우리말 맞춤법에 맞추어 고쳐 써서 읽기 편하게 가다듬었다. 그리하여 옛 것, 어려운 것으로만 느껴지는 우리 고전 소설을 청소년을 비롯한 일반인 누구나 가까이 두고 즐겁게 읽을 수 있도록 하였다.

이 책이 우리 고전 소설 보급에 조금이나마 보탬이 되기를 바랄 따름이다.

2000년 10월
국문학자 김선아

수필은 글자 그대로 보고 듣고 느낀 것을 붓 가는 대로 쓴 글입니다. 그러므로 범위가 가장 넓은 장르라 하겠습니다. 그러나 학문을 연구하기 위해서는 무엇이든지 좀더 쉽게 이해할 수 있도록 가능한 한 유사한 것들끼리 분류하고 체계화할 필요가 있습니다. 대개 수필은 다음과 같이 분류합니다.

　작품의 소재를 서술할 때 가능한 한 감정을 억제하고 주장하고 싶은 생각을 체계화 · 과학화 · 논리화하여 서론 · 본론 · 결론으로 짜 맞춘 글을 엄밀한 의미에서 정통 수필, 에세이(essay)라고 합니다. 논문이나 평론 및 신문의 사설 같은 것이 이에 속합니다. 우리 고전 문학 중에서는 가전체 문학이나 성리학적 이론 같은 것이 여기에 속할 것입니다. 그리고 일반적으로 우리가 말하는 수필은 소재를 생각나는 대로 붓 가는 대로 쓴 신변 잡기, 즉 미셀러니(miscellanea)를 말합니다. 이 책에 수록한 수필 문학은 위의 두 가지 중 대체로 미셀러니에 속하는 것입니다.

　저는 같은 미셀러니라도 다시 더 나누어 작가의 느낌이 많이 기술된 것은 '감상문', 사람의 일생을 그린 작품은 '전기문', 어떤 사물의 유래와 경과를 기술한 글 곧 정자의 기문 같은 것은 '기술문', 어떤 정보를 서로 전달한 글은 '편지문', 여행의 과정을 적은 글은 '기행문' 등으로 구분합니다. 그러나 이것은 어디까지나 필자 개인의 주관에 의한 구분입니다. 여기 실린 글들은 작가의 출생 연대 순으로 옮겼다는 것을 아울러 밝힙니다.

2001년 11월

옮긴이 조면희

광명(廣明) 2년(881년, 신라 헌강왕 7년) 7월 8일, 제도도통검교태위(諸道都統檢校太尉) 아무〔某 : 고변*〕는 황소*에게 알리는 바이다.

대개 옳고 바른 길을 정도(正道)라 하고, 위험한 때를 당하여 임기응변으로 모면하는 것을 권도(權道)라 한다. 슬기로운 자는 정도에 입각하여 이치에 순응하므로 성공하고, 어리석은 자는 권도를 함부로 행하다가 이치를 거슬러서 패망하는 것이다. 인간이 한평생을 사는 동안 살고 죽는 것은 예측할 수 없지만, 모든 일은 양심이 주관하여야 옳고 그름을 올바르게 판단할 수 있다.

지금 나는 황제가 내려 준 군대를 거느리고 역적을 토벌하려는 것이지 너와 같은 역적을 상대로 싸우려는 것이 아니다. 그러나 토벌을 하기에 앞서 한 번 더 은혜로써 회유하여 회개할 수 있는 기회를 주려는 것인데, 그래도 듣지 않는다면 어쩔 수 없이 무력으로써 너희가 침탈한 경도(京都)를 수복할 수밖에 없다.

지금 내가 너를 회유하려는 것이 바로 정도이며 네가 살 수 있는 유일한 방법이니 진지한 태도로 들어주기 바란다.

돌이켜 생각해 보면 너는 본래 먼 시골에서 살던 하찮은 백성이었다. 무모하

작자의 상관인 고변을 위하여 대신 지은 것으로 반란을 일으킨 황소에게 보내며 황소를 논리적으로 설득하여 사기를 저상하게 하는 내용의 편지.

최치원(崔致遠) : 857 ~ ? (신라 헌안왕 1년 ~ ?) 자는 고운(孤雲). 12세에 당나라로 유학, 18세에 급제하여 선주표수현위(宣州漂水縣尉)가 되고, 승무랑시어사내공봉(承務郞侍御史內供奉)에 올라 자금어대(紫金魚袋)를 하사받았다. 879년(헌강왕 5년) 황소의 난이 일어났을 때 제도행영병마도통 고변의 종사관으로서 서기의 책임을 맡았다. 당시 고변의 표장(表狀), 서계(書啓) 등은 모두 그가 작성하였으며, 〈격황소서〉는 가장 훌륭한 글로 알려진다. 후에 벼슬을 버리고 각지를 유랑하다가 가야산 해인사에 들어가 여행을 마쳤다. 저서에 〈계원필경(桂苑筆耕)〉 등이 있다.

고변(高駢) : 당(唐) 회종(僖宗) 때 사람. 검남(劍南), 진해(鎭海), 회남(淮南) 절도사를 역임하였다. 황소의 난이 일어나자 최치원에게 격문을 쓰게 해 황소에게 전하니 황소가 낙담하여 사기가 저상되었다고 한다.

황소(黃巢) : 당나라 조주(曹州)사람. 소금 장사로 부자가 되어 반정부 인사들을 몰래 양성하였으며 칼쓰기와 활쏘기에 능하였다. 왕선지(王仙芝)가 일으킨 반란에 합세하였는데, 왕선지가 패망하자 그 미잔병을 모아 대제국(大齊國)을 세워 왕이 되고 동관(潼關)과 경사(京師)를 함락했으나 마침내 정부군에 패퇴한 후 자결하였다.

게도 갑자기 작당하여 강도가 되고 또 그 기세를 몰아 인간이 지켜야 할 도리를 어지럽히고 말았다. 분수에 맞지 않게도 깊숙이 갈무리해 두었던 흉포한 마음을 함부로 드러내어 하늘이 정해 준 황제의 지위를 넘보는 데까지 이르렀다. 황제가 계신 도성과 궁궐을 무참히 짓밟았으니 그 죄를 하늘은 결코 용서하지 않을 것이다.

고대의 당·우*로부터 헤아려 보건대 성인인 순(舜)임금을 배반한 묘(苗)·호(扈)와 같이 양심과 체면, 의리와 충성을 팽개쳐 버린 무리는 어느 때나 있었다. 멀리는 진(晉)의 왕실을 엿보아 반란을 일으킨 전조(前趙)의 임금 유요(劉曜)와 왕돈(王敦) 등이 있고, 가까이는 당(唐)의 황실을 배반하고 양귀비와 내통하여 연(燕)을 세운 안록산(安祿山)과 대진국(大秦國)을 세운 주자(朱泚) 등이 있다. 이들은 모두 스스로 많은 군대를 거느리거나 높은 벼슬을 차지하고 있어서 한번 큰소리로 호령하면 수많은 사람이 벼락을 피하여 도망가듯 사라지고, 은근한 소리로 속삭이면 권력에 아부하는 무리가 마치 연기가 바람을 따라 몰려오듯 온통 그의 주위를 감싸며 몰려들었다. 그리하여 잠시나마 그들의 역모는 성공을 거두는 듯했지만 결국 모두 무참히 섬멸당하지 않았느냐? 밝은 해가 온 세상을 비추고 있는데 어찌 도깨비 같은 요기가 함부로 날뛸 수 있으며, 황제의 군대가 칼을 뽑아 들었는데 어찌 역적이 목을 온전히 가질 수 있겠느냐?

다시 말하거니와 시골 구석에서 태어난 하찮은 농민 출신인 너 같은 역적이 관청을 불지르고 양민을 학살하는 것으로 능사를 삼으니, 그야말로 천인 공노할 악질적인 죄인이 아니고 무엇이냐? 이 세상 사람 중에 너의 고기를 맛보려고 하지 않는 자가 없을 정도로 원한이 가득 차 있다는 것을 너는 알아야 한다. 너 때문에 불행히 죽어 땅속에 묻힌 원귀가 하루 속히 네가 목 없는 귀신이 되어 들어오기를 기다리고 있을 것이다.

대개 사람은 스스로 자신의 잘못을 깨닫는다. 지난번 우리 조정에서는 부끄러움을 무릅쓰고 너를 달래기 위하여 지방의 요직에 임명한 일이 있었다. 그런데도 너는 만족할 줄 모르고 오히려 못된 독기를 발산하여 가는 곳마다 사람을 죽이고 군주를 욕되게 하여, 결국 황제의 덕화(德化)를 배신하고 말았다. 곧 너는 과분하게도 중서성(中書省)의 병권(兵權)을 장악하자 공후(公侯)들을 멀리 귀양 보냈고, 마침내는 황제까지 먼 지방으로 파천하도록 하였다. 결국 너는 은혜를 원수로 갚아 백 번 죽어 마땅한 대역죄를 저지른 것이다. 그러고도 네 어찌 하늘을 두려워하지 않는단 말이냐? 도대체 네가 무엇을 어떻게 하려는 것인지 나는 알지 못하겠다.

『도덕경(道德經)』에 이르기를, "갑자기 부는 회오리 바람은 한나절을 지탱하지 못하고, 쏟아지는 폭우는 하루를 계속하지 못한다." 하였다.

천지에 갑작스럽게 일어난 변화도 이와 같이 오래가지 못하는 법인데 하물며 사람의 일이야 더 말할 나위가 있겠는가?

『춘추전(春秋傳)』에 이르기를, "하늘이 착하지 못한 자를 돕는 것은 좋은 조짐이 아니라 그 흉악함을 기르게 하여 더 큰 벌을 내리려고 하는 것이다." 하였다.

지금 너의 흉포함이 쌓이고 쌓여 온 천지에 가득 찼다. 그러나 이러한 위험 속에서 스스로 안주하고 반성할 줄 모르니, 이는 마치 제비가 불이 붙은 초막 위에 집을 지어 놓고도 만족해 하는 것과 같고, 물고기가 솥 안에서도 즐거워하며 헤엄치는 것과 같다. 눈앞에 닥친 삶겨 죽을 운명을 생각지 못하고 말이다.

나는 지금 현명하고 신기로운 계획으로 온 나라의 군대를 규합하니 용맹스런 장수가 구름처럼 모여들고, 죽음을 가벼이 여기는 용사들이 소나기처럼 몰려온다. 진격하는 깃대를 높이 세워 남쪽 초(楚)나라에서 불어오는 바람을 잠재

우고, 전함(戰艦)과 누선(樓船)을 띄워 오(吳)나라 강의 풍랑을 막으려고 한다.

진(晉)의 장군 도태위[陶太尉 : 이름은 간(侃)] 같은 장군은 적군을 무찌르는 데 용맹하고, 수나라 장군으로 사공(司空)인 양소(楊素) 같은 이는 귀신도 두려워할 만한 위엄을 가졌다. 온 세상을 널리 살펴보고 만릿길을 거침없이 횡행(橫行)함에 너와 같은 좀도둑은 마치 활활 타는 용광로 속에 기러기 털을 넣는 것과 같고, 높이 솟은 태산 밑에 참새 알이 깔린 것과 같아 형체도 없이 사라지고 말 것이다.

때는 마침 가을이다. 물의 귀신이 우리의 수군(水軍)을 맞이하며 가을 바람은 생물을 죽음의 시련으로 몰아넣으려고 한다. 새벽 이슬은 어둡고 미련스러운 기운을 씻어 버린다. 파도가 가라앉고 도로가 뚫리면, 석두성(石頭城)에서 닻을 올려 최후로 남은 손권(孫權)의 군대에게서 항복을 받던 두예*와 같이, 나는 경도를 순식간에 수복할 것이다. 그 기간은 한 달도 걸리지 않을 것이다.

다만 사람 죽이기를 싫어하는 우리 황제의 인자한 뜻을 받들어 엄한 법을 적용하지 않고 덕으로써 포용하려는 것뿐이다. 황제께서는 조정에 영을 내려, "역적을 토벌하는 자는 개인적인 감정을 버리고, 무지하여 방향을 잃은 자를 깨우치는 데 힘써야 한다."고 하셨다.

나는 이 격문을 보내 너의 눈앞에 닥친 위급한 상황을 한 번 더 알려 주는 것이니, 고집을 버리고 이 마지막 기회를 놓치지 않기 바란다. 그리하여 허물을 알고 그것을 고치면, 나는 황제께 아뢰어 너에게 나라의 땅을 나누어 주어 대대로 부를 누리도록 하겠다. 그러면 머리와 몸뚱이가 따로 떨어져 나가는 횡액을 면할 뿐 아니라 나라로부터 공명(功名)을 얻어 영원히 빛날 수 있지 않겠느냐?

덧붙여 말하건대 얼굴로만 알게 된 벗들에게 신의를 생각지 말며, 영화를 후세 자손에게 내릴 수 있도록 하라. 이는 하찮은 아녀자들의

두예(杜預) 진(晉)나라 사람. 자는 원개(元凱). 진남 대장군(鎭南大將軍)으로 오나라를 정벌하여 평정, 당양현후(當陽縣侯)에 봉해졌다.

말이 아니라 진실로 대장부끼리의 약속이다. 너는 너의 생각을 일찍이 결정하여 나에게 알려 주고 쓸데없이 의심하거나 망설이지 않기를 바란다.

나는 황제의 명령을 받았다. 나의 신의는 저 맑고 깨끗한 물과 같은 마음에 바탕을 두었다. 나의 말은 틀림없이 하늘이 살펴볼 것이다. 은혜를 베푼다고 해 놓고 개인적인 원망을 내세우지는 않을 것이다. 그러나 만일 네가 헛된 욕망에 이끌려 함부로 날뛰고 깊은 잠에서 깨어나지 못한다면, 이는 마치 지네가 수레바퀴에 저항하는 형상이고, 세상의 변화를 모른 채 옛 것만 고집하는 수주대토 (守株待兎)의 어리석음을 범하는 것이다. 마침내 곰을 잡고 표범을 쫓는 우리 군대가 몰아친다면 큰소리만 치던 너의 오합지졸들은 사방으로 흩어져서 도망칠 것이요, 너의 몸은 도끼에 묻은 기름이 될 것이며, 너의 뼈는 전차(戰車)에 치여 부서진 가루가 될 것이다. 게다가 처자식도 무참히 처형을 당할 것이며, 종족들 또한 죽음을 면할 수 없을 것이다.

이러한 때를 당한 뒤에는 후회해도 소용이 없을 터이니, 너는 지금 너의 진퇴를 깊이 헤아려 결정하라. 내가 너를 위하여 너의 앞날을 점쳐 보건대 네가 나라를 배반하여 멸망하게 되는 것보다야 나라의 명령에 순종하여 영화로운 장래를 보장받는 것이 낫지 않겠느냐?

내가 다만 바라는 바는 장사다운 기개로 과단성 있게 태도를 바꾸는 것이다. 어리석은 자의 집념에 얽매여 우물쭈물 의심만 하지 말기를 간곡히 바란다.

아무(某)는 알린다.

—『계원필경』

기러기 그림 · 임춘

　도인(道人) 혜운이 기러기 그림 한 장을 가져왔다. 기러기 서른아홉 마리를 그린 그림이었다. 그런데 그 많은 기러기가 한 곳으로 모여들어 마시고 쪼고 서고 앉고 하면서 가지가지 모양을 하고 있는 것이 열여덟 가지 형태였다. 참으로 독특하고 또렷또렷하게 그린 그림이었다. 도인이 나에게 말하였다.

　"이 그림은 우리집 가보일세. 화가의 성명은 모르지만 하도 특이하고 감동적이어서 갈무려 둔 것이라네. 처음에는 보물처럼 아꼈는데 지금 와서 생각하여 보니 도를 닦는 자가 물질에 욕심이 생겨서야 되겠는가? 그 아름다운 감동을 마음속에 간직하면 그뿐 아니겠나? 생사를 초월하고, 욕망을 버려야 되는 내 처지에 그까짓 그림 하나로 계율을 그르칠 수 없다고 생각하고, 이 그림을 나의 아우에게 맡긴 뒤에 강남(江南)으로 떠나려고 하네. 그러니 자네가 나를 위하여 이 그림에 감상이나 특징을 써 준다면 먼 훗날, 비록 그 그림은 못 보더라도 자네의 글을 보며 머릿속으로 그 모양을 그려 보고 싶네."

　나는 웃으며 대답하기를,

　"화가가 이 그림을 그릴 당시에는 반드시 마음속으로 먼저 구상한 뒤에 붓을 들어 그림을 완성했을 것일세. 그러니 그 화가에게도 마음으로는 그 그림을 그린 동기를 추측할 수 있지만 입으로는 말할 수 없는 것이 있다네. 그런데 내가 아무리 글솜씨가 좋다고 한들 어찌 화가가 그림에 표현하려는 의도를 글로 나타낼 수 있겠는가? 그래도 그 모양이나 숫자만을 기록하여 달라고 한다면 대략 이러하네." 하고, 이렇게 썼다.

임춘(林椿) 고려 의종·명종 연간: 예천 임씨, 호는 서하(西河). 과거에 여러 번 실패하였으나 그의 문명(文名)은 이인로(李仁老) 오세재(吳世才) 등과 함께 강좌칠현(江左七賢)으로 불림. 유고집 『서하집(西河集)』에 가전체 소설 「국순전」과 「공방전」이 실려 전한다.

그림을 보고 그 특징을 매우 사실적으로 묘사한 글. 옛사람들도 오늘날과 마찬가지로 그림을 수집하고 감상하는 취미가 있었음을 알 수 있다.

"두 마리가 서로 마주 보고 엎드려서 목을 어긋나게 꼬고 있는 놈, 언덕 사이에 가려서 등만 살짝 내어 보이고 있는 놈, 날개를 펴고 날려다가 날지 않고 서 있는 놈, 머리만 치켜들고 엎드려 있는 놈, 목을 뽑은 채 한 쪽 다리를 들고 있는 놈, 걸어가며 먹이를 쪼는 놈, 가만히 서 있는 놈, 떼를 지어 모여 있는 놈, 둥글게 원을 지어 물을 마시는 놈, 날개를 벌리고 서로 다투는 놈, 발톱을 들어 서로 할퀴는 놈, 깃털을 헤치고 들여다보는 놈, 목을 꼬아 뒤를 돌아보는 놈, 긁는 놈, 희롱하는 놈, 조는 놈 등등."

나는 이것들을 차례대로 적어 주었다. 그러나 아무래도 기문(記文) 축에 드는 글이라고 할 수는 없을 것 같다.

—『서하집』

지리산 청학동 · 이인로

지리산(智異山)은 두류산(頭留山)이라고도 한다. 저 북쪽의 백두산을 기점으로 꽃 같은 봉우리와 골짜기가 끊임없이 이어져 내려오다가, 대방군(帶方郡)에 이르러 얽히고 서려 사방 수천 리의 지면을 차지하였다. 이 산을 경계로 한 고을만도 자그마치 10여 개나 되어 이 산을 다 둘러보는 데도 10여 일 내지 한 달은 족히 걸린다.

이곳에서 오래 살아온 늙은이들이 예부터 전해 내려오는 이야기를 들려주었는데, 내용은 이러하다.

"이 산속에 청학동(靑鶴洞)이라는 마을이 있는데 그곳을 찾아가자면 길이 매우 험하고 좁아서 사람이 겨우 빠져나갈 수 있고, 또 어떤 곳은 엎드려서 수리쯤을 기어가야 넓고 평탄한 곳을 만난다. 그곳에는 비옥한 땅이 있어서 곡식을 가꿀 수 있으며, 또 푸른 학〔靑鶴〕이 살고 있어 이름을 청학동이라고 했다. 여기에는 오랜 옛날에 세상을 등지고 숨어 살던 사람이 있던 곳으로 무너진 담장이나 집터가 가시덤불 속에 아직도 많이 남아 있다."

얼마 전에 나는 6촌형인 최상국(崔相國, 정승)과 함께 벼슬을 버린 뒤 숨어 살기로 약속하고 대나무 상자와 송아지 몇 마리를 데리고 이곳을 찾아갔다. 화엄사에서 출발해서 화개현(花開縣)에 도착하여 신흥사(神興寺)에서 잤는데, 가는 곳마다 신선의 경지가 아닌 곳이 없었다.

인간이 늙지도 죽지도 않고 평화롭게 살 수 있는 곳이 곧 이상향이다. 이러한 세계는 중국 시인 도연명의 「도화원기」에 나오며, 이곳을 후세 사람은 무릉도원이라고 한다. 이 글의 작자는 청학동을 그러한 곳으로 생각했다.

이인로(李仁老) 1152~1220년. 고려 시대의 학자. 자는 미수(眉叟), 호는 쌍명재(雙明齋), 초명은 득옥(得玉). 정중부(鄭仲夫)의 난 때 머리를 깎고 절에 들어가 난을 피한 뒤 다시 환속함. 1180년(명종 10년) 문과에 급제, 직사관(直史館)으로 있으면서 강좌칠현(江左七賢)과 함께 어울려 시주(詩酒)를 즐겼다. 신종 때 예부원외랑(禮部員外郞), 고종 초에 비서감(秘書監), 우간의대부(右諫議大夫)가 되었다. 시문(詩文)뿐만 아니라 글씨에도 능해 초서(草書)·예서(隸書)가 특출했다. 저서에 『은대집(銀臺集)』, 『후집(後集)』, 『쌍명재집(雙明齋集)』, 『파한집(破閑集)』 등이 있다.

십팔

온갖 바위가 우뚝우뚝 솟아 있고 골짜기에는 시냇물이 요란스럽게 흘렀으며 띠풀을 이은 초가는 대울타리에 둘러싸여 있고 복숭아꽃, 살구꽃은 요염함을 자랑하는 듯했다. 어쩌면 인간 세상이 아닌지도 모를 일이었다. 그러나 늙은이 들이 전해 주던 그 청학동은 끝내 찾을 수 없었다. 하는 수 없이 시 한 수를 바위에 써 두고 돌아왔다.

두류산은 멀고 저녁 구름은 낮게 깔렸는데
온갖 골짜기와 산봉우리 모두가 무릉도원인걸.
지팡이를 자주 놀려 청학동을 찾으려니
숲 사이로 들려 오는 원숭이 울음뿐이군.
누대는 아득하고 삼신산은 멀었는데
'무릉도원' 네 글자 이끼에 덮여 버렸네.
묻나니, 도원의 물줄기 어디서 찾을 건가?
떨어진 꽃잎만 물에 떠서 흘러가네.

어제 나는 서재에서 책을 읽다가 우연히 도연명의 문집 『오류선생집(五柳先生集)』에 실린 「도원기(桃源記)」를 보았다. 반복해 읽어 보니 내용은 이러했다.
"고대 중국 진 시황(秦始皇) 때 사람이 난리를 피해 아내와 자식들을 거느리고 사람의 발이 닿지 않는 깊은 산속에 들어가 살았다. 그 뒤 몇백 년이 지난 진(晉)나라 태원(太元) 연간에 어부 한 사람이 우연히 그곳을 찾으니, 피난 온 그 사람들이 아직도 거기에 살고 있었다. 어부는 다시 돌아오겠다고 약속하고 그곳을 나왔으나 그만 길을 잃어 다시는 찾아가지 못했다."
훗날 이 내용이 그림과 노래로 전해졌다. 그래서 모두 도원을 신선의 세계로 생각하여, 날개 달린 수레를 끌며 바람처럼 날고 오래 사는 사람이 사는 곳이라 생각했는데, 이는 그 도원기를 잘 읽지 못한 까닭이고 사실은 이곳 청학동과 같은 곳임이 틀림없다.

어떻게 하면 나도 당시 그 도원을 찾으려고 노력하던 고상한 선비, 유자기(劉子驥) 같은 이를 만나 그곳을 찾을 수 있을까?

—『파한집』

거울 · 이규보

거사*에게 거울이 하나 있었는데, 때가 끼고 부식하여 얼굴도 제대로 비추지 못하고 마치 구름이 달을 가린 듯 늘 어릿어릿하였다. 그러나 거사는 아침저녁으로 들여다보며 얼굴을 매만지곤 하였다. 그러자 누군가가 그에게 물었다.

"거울이라는 것은 자기의 모습을 볼 수 있어야 하는 것이 아닌가? 그러지 않으면 모양이 특이하고 아름다워야 갖고 싶은 마음이 생길 것 아닌가? 그런데 이 거울은 안개가 낀 것도 같고 깜깜한 그믐밤의 하늘을 쳐다보는 것 같아 모양도 볼 수 없고 맑고 깨끗한 감동도 주지 못하는데, 왜 그것을 늘 들여다보고 있는가?"

거사가 대답하였다.

"거울이 맑으면 곱고 아름다운 사람이야 좋아하겠지만, 나같이 못생긴 사람은 거울 보기를 싫어해서 거울이 깨끗한 걸 좋아하지 않는다네. 이 세상에는 아름답고 잘생긴 사람보다는 추하고 못생긴 자가 더 많지 않은가? 만일 그들이 맑고 깨끗한 거울을 본다면 자신의 얼굴을 혐오하여 거울을 당장 깨어 버리고 싶을 것일세. 그러므로 때가 낀 것이 나같이 못생긴 사람에게는 더 좋다네. 겉에 때가 끼어 거울이 부식하였더라도 맑고 깨끗한 본질이 변하겠는가? 이후에 얼굴이 고운 미인을 만나게 되거든 그 때 가서 깨끗이 갈고 닦아도 늦지 않을 것일세. 들어 보게나! 세상 사람들은 거울의 맑고 깨끗한 본질을 좋아하는 데 반해 나 같은 사람은 어둡고 흐릿한 형태를 취하는 까닭이 여기 있다네. 이제 나의 뜻을 이해하겠나?"

그 사람은 대답하지 못했다.

―『동국이상국집』

때가 끼고 녹이 슬어 물체가 잘 보이지 않는 거울을 좋아하는 이유를 설명한 글.

이규보(李奎報, 1168~1241년)의 호는 춘경(春卿), 백운거사(白雲居士), 호부낭중 윤수(允綏)의 아들. 명종 19년 사마시에 급제하고 이듬해 문과에 급제했다. 호탕 활발한 시풍은 당대를 풍미했으며, 만년에 불교에 귀의했다. 시호는 문순(文順). 문집 『동국이상국집(東國李相國集)』이 있다.

거사(居士) 백운거사. 작자의 호.

이십일

보한집 서문 · 최자

문장은 도(道)를 찾기 위해 들어가야 할 출입문이니 정당하지 못한 말을 써서는 안 된다. 그러나 하고 싶은 말에 기세를 올리고 듣는 이에게 감동을 주려면 간혹 극단적이거나 괴이한 말을 쓰기도 한다. 게다가 시를 지을 때에는 비슷한 사물의 비유라든가 연상 작용에 의한 감흥이라든가 풍자적으로 넌지시 표현하는 풍유(諷諭)에 바탕을 두므로 반드시 기발한 소재에 뜻을 붙여야만 그 기운이 씩씩해지고 뜻이 깊어지며 뚜렷해진다. 그리하여 그 시는 독자를 충분히 감동시키고 미묘한 의미까지 드러내어 마침내 사람을 올바른 도리로 이끈다.

하지만 선비인 유자(儒者)는 남의 글을 표절해서 꾸민다든지 지나치게 수식을 해서는 안 된다. 비록 시를 쓰는 사람에게는 탁연사격*이 있으나 이 네 가지 가운데 선비가 취할 것은 탁구와 연의뿐이다. 그런데 오늘날 후진들은 성률(聲律 : 운율)과 장구(章句 : 대구)를 중시하여, 탁자를 할 때에 반드시 새로운 글자를 찾다 보니 말이 생소하고, 연대를 할 때에 반드시 반대 개념의 종류를 찾다가 졸렬한 작품이 된다. 이 때문에 걸출하고 노숙한 멋이 손상되고 만다.

우리 고려 조정에도 때때로 인간적으로나 문장으로 훌륭한 사람들이 태어나서 문화를 고양시켰다. 광종(光宗) 현덕 5년(顯德五年, 958년)에 과거 제도를 처음 실시하여 훌륭한 문학자들을 배출했는데 저 왕융

(王融)·조익(趙翼)·서희(徐熙)·김책(金策)은 재주가 뛰어난 사람들이다. 경종, 현종 두어 세대를 지나서 이몽유(李夢遊)·유방헌(柳邦憲) 등은 문장으로 이름을 날렸고, 정배걸(鄭倍傑)·고응(高凝)은 사(詞)와 부(賦)로 알려졌으며, 문헌공 최충(崔沖)은 유학을 일으킨 가장 훌륭한 학자로서 유학을 크게 발전시켰다. 문종 때에 이르러 우리 문화가 화려하게 빛나고 또 골고루 갖추어졌는데 당시 훌륭한 재상인 문화공 최유선(崔惟善)은 저술도 매우 많았다. 평장사인 이정공(李靖恭)·최석(崔奭)과 참지정사인 문정공(文正公)인 이영간(李靈幹)·정유산(鄭惟産)과 학사인 김행경(金行瓊)·노탄(盧坦) 등 많은 선비가 줄줄이 뒤를 이었다. 그 뒤 박인량(朴寅亮)·최사제(崔思齊)·최사양(崔思諒)·이오(李䫨)·김양감(金良鑑)·위계정(魏繼廷)·임원통(林元通)·황영(黃瑩)·정문(鄭文)·김연(金緣)·김상우(金商祐)·김부식(金富軾)·권적(權適)·고당유(高唐愈)·김부철(金富轍)·김부일(金富佾)·홍관(洪瓘)·인빈(印份)·최윤의(崔允儀)·유희(劉羲)·정지상(鄭知常)·채보문(蔡寶文)·박호(朴浩)·박춘령(朴椿齡)·임종비(林宗庇)·예악전(芮樂全)·최함(崔諴)·김정(金精)·문숙공(文淑公) 부자·오 선생(吳先生) 형제·학사 이인로(李仁老)·문안공 유승단(俞升旦)·정숙공 김인경(金仁鏡)·문순공 이규보(李奎報)·승제공 이로(李老)·한림 김극기(金克己)·간의 김군수(金君綏)·사관(史館) 이윤보(李允甫)·보궐(輔闕) 진화(陳澕)·사성(司成) 유충기(劉沖基)·사성 이백순(李百順)·함순(咸淳)·임춘(林椿)·윤우일(尹于一)·손득지(孫得之)·안순지(安淳之)·김석(金石) 등이 사이사이 태어나서 마치 별과 달처럼 빛을 내어 저 중국 한나라 시대의 문장과 당나라 시대의 시문학 양식이 여기에서 번창하였다. 그러나 훌륭하신 선배들이 편성한 문집은 겨우 십여 편에 불과하여 거기에 수록되지 못한 훌륭한 문장이 거의 없어져 버리자 학사 이인로가 빠진 작품을 모아 만든 책이 『파한집』이다. 진양공(晉陽公) 최우(崔瑀)가 그 책

에 수록된 작품이 그리 많지 않다고 하여 나에게 책의 속보(續補)를 만들라고 하였다. 그래서 없어지고 잃어버린 작품을 가까스로 긁어모아 책으로 엮었는데, 그 중에는 근체시(近體詩)가 몇 편 있고, 중이나 여자의 작품도 한두 가지 실어서, 일상 생활의 이야깃거리나 웃음거리로 삼기로 하였다. 비록 그 시가 훌륭하다고는 할 수 없으나 모두 모아 수록하여 세 권으로 만들었는데 인쇄를 할 겨를이 없었다. 그러던 중 시중상주국(侍中上柱國) 벼슬에 있는 최우의 아들 최항(崔沆)이 그 아버지의 뜻을 이어받아 이 책을 가져다가 인쇄를 해주었다.

갑인(1254년, 작자 66세) 4월 수태위(守太尉) 최자는 머리말로 쓴다.

—『보한집』

김개인(金盖仁)은 임실과 장수의 경계에 있는 거령현(居寧縣) 사람이다. 아껴 기르는 개 한 마리가 있었는데 어느 날 개를 데리고 외출을 했다. 돌아오는데 술에 취하여 길가에 누웠다가 잠이 들어 버렸다. 그 때 들에 불이 나서 그가 누운 곳 가까이까지 타 들어왔다. 개는 그것을 보자 길 옆에 있는 냇물에 가서 몸에 물을 묻혀 주인의 주위에 있는 풀에 적셔 불길을 막아 주었다. 그러나 너무 자주 왕복하다가 기운이 빠져 그만 죽고 말았다. 얼마 뒤에 개인이 잠에서 깨어 그동안 일어난 일을 깨닫고 개에 대한 슬픈 감정을 노래로 불렀다. 그러고는 개를 땅에 묻은 뒤에 지팡이를 꽂아 무덤 표시를 해 두었는데 얼마쯤 후에 가 보니 지팡이가 살아나서 자라고 있었다. 개인은 지팡이가 자란 땅에다 '개나무' 라는 뜻인 '오수(獒樹)' 라는 이름을 붙여 주었다. 악보 중에 「견분곡(犬墳曲)」이라는 곡조가 있는데 바로 이 내용을 표현한 것이다. 뒷날 어떤 사람이 시로 그 일을 읊었는데 다음과 같다.

사람은 짐승이라고 부르는 것을 부끄러워하지만
공공연히 커다란 은혜도 스스럼없이 버리지.
임금이 위험해도 신하가 목숨을 아낀다면
이런 개와 그 의리를 비교하여 의논하겠는가?

진양공이 문객*을 시켜 그 개의 전기(傳記)를 써서 세상에 알렸는데, 남의 은혜를 입은 자는 그 공을 갚아야 한다는 사실을 알게 하기 위함이었다.

—『보한집』

술에 취해 잠이 들어서 불에 타 죽을 위험에 처한 주인을 살리고 자신은 죽은 의로운 개 이야기.

진양공(晋陽公) : 고려 무신 집정기의 권신인 최충헌의 아들 최우(崔瑀).

문객(門客) : 자주 오는 손님.

이 세상에 존재하는 물건 중에 형체가 있는 것은 모두 그것만의 독특한 진리가 있다. 크게는 산이나 물에서 작게는 주먹만한 돌이나 나무 막대기까지 진리가 없는 것이 없다. 그리하여 사람들은 어떠한 곳에 노닐다가 거기에 있는 물건을 보고 독특한 감흥을 느끼며 즐거워하기도 한다. 바로 그 즐거움을 위하여 누각이나 정자를 짓기도 한다.

대개 형체가 기이하면 특별히 두드러지므로 사람 눈에 잘 띄고, 진리가 오묘하면 보이지 않지만 마음으로는 느낄 수 있다. 눈으로 보아 기이한 것은 어리석은 자나 슬기로운 자나 똑같이 볼 수 있지만 거기에서 느끼는 감동은 다르다. 또 마음으로 오묘한 이치를 느낄 수 있는 것은 아무나 할 수 없으므로 훌륭한 사람만이 그 즐거움을 온전히 누릴 수 있다. 공자가 말하기를 "어진 자 산을 좋아하고, 슬기로운 자 물을 즐긴다(仁者樂山 智者樂水)."고 하였는데, 공자가 좋아한 것은 산과 물의 기이한 형태를 보고 느낀 특이한 감동이 아니고, 평범한 사람이 볼 수 없는 오묘한 이치를 깨달아 그 즐거움을 온전히 누린 것이다.

내가 관동(關東)에 가 보지 않았을 때, 그곳의 좋은 경치를 논하는 자는 모두 국도(國島)와 총석(叢石)을 꼽을 뿐 경포대는 대단치 않다고 하였다.

그 뒤 태정(泰定) 병인년(1326년, 고려 충숙왕 13년)에 지추부 학사(知秋部學士) 박숙(朴淑)이 관동안찰사로 있다가 돌아와서 나에게 이르기를,

"임영 경포대(臨瀛鏡浦臺)는 신라 시대 영랑(永郞) 같

경포대에 정자를 짓게 된 동기와 과정, 거기에 얽힌 전설과 함께 주위의 경치를 묘사한 글.

안축(安軸) 1278~1348년: 자는 당지(當之), 호는 근재(謹齋). 순흥 안씨. 원나라 제과(制科)에 급제. 고려에 돌아와 강원도안찰사 역임. 충렬·충선·충숙의 3조 실록 편찬. 경기체가「관동별곡」「죽계별곡」등을 지음. 흥녕군에 봉하여지고 뒤에 순흥의 소수서원에 제향됨. 유고집『근재집(謹齋集)』이 전한다.

은 선인(仙人)들이 노닐던 곳일세. 내가 이 누대에 올라가서 산수의 아름다움을 보니 진실로 마음에 남는 즐거운 감동을 느끼게 하더군. 지금까지 그 감동이 잊히지 않는다네. 그런데 그 경포대는 오랜 세월 동안 정자도 세우지 않아 비바람이 치면 거기에 노니는 이들이 매우 불편해 하더군. 그래서 내가 고을 사람들에게 그 위에 조그마한 정자를 짓도록 하였는데 자네가 나를 위하여 정자의 기문(記文)을 지어 주게나."

하였다. 나는 이 말을 듣고 박공(朴公)의 생각이 여러 사람과 다른 것을 괴이히 여겨 감히 함부로 평론하지 못하고 언젠가 한번 가 본 뒤에 기술하여 보리라 마음 먹었다. 그러던 중 다행히 왕명을 받고 그 지방 안찰사로 부임하게 되어 훌륭한 경치를 직접 자세히 둘러볼 수 있게 되었다. 저 국도와 총석정 같은 곳은 기암괴석이 참으로 보는 이를 놀라게 하였다. 다음으로 이 경포대에 올라 보았는데 담박하고 한가롭기는 하지만 특별히 기괴하거나 특이한 것이 없어서 사람의 눈을 유혹하지는 못하였다. 다만 멀리 바라다보이는 산수가 그림처럼 아름다울 뿐이었다.

나는 거기에 앉아 사방을 찬찬히 둘러보았다. 언덕 너머로 멀리 보이는 바다는 높은 파도를 일으키며 끝없이 넓게 펼쳐져 있고, 가까이 내려다보이는 물은 경포의 호수로 맑고 깨끗한 물결이 잔잔한 무늬를 이루고 있다. 멀리 둘러서 있는 산봉우리들은 골짜기와 조화를 이루며 천겹으로 싸여 아득히 구름과 놀 속에 가려 있고, 가까이 보이는 산들은 산등성이가 손에 잡힐 듯이 뻗어 있는데 거기에 난 숲과 나무들이 시원스럽고 푸르르다. 모래톱 위의 해오라기와 온갖 물새가 한가로이 노닐며 누대 앞을 오간다. 그리하여 가을 봄의 풍경과 아침저녁의 전망은 시절에 따라 그 기상이 달라지니, 이것이 경포대 대강의 정경이다.

나는 경치에 도취하여 오랫동안 스스로를 잊고 있었다. 그리고 지극한 멋은 한가롭고 담박한 가운데 있고, 훌륭한 상념은 기이한 형태 너머에 있어 마음으로는 느낄 수 있지만 말로 표현할 수는 없다는 생각이 들었다.

그런 뒤에 나는 박공이 이곳을 즐거워한 것은 기이한 물체 때문이 아니라 내가 말한, 오묘한 이치를 깨달은 데 있다는 것을 알았다. 그 옛날 영랑이 이 누대에 노닐 때에도 반드시 무엇인가 즐거워한 것이 있었을 터인데 지금 박공이 즐거워한 것이 바로 영랑의 마음을 터득한 것인가? 박공이 고을 사람들에게 정자를 지으라고 하였을 때에 고을 사람이 모두 말하기를,

"옛날 영랑 같은 신선도 이 누대에 노닐었지만 정자가 있었다는 이야기는 못 들었습니다. 그런데 천 년이 지난 지금에 와서 정자는 지어 무엇 하겠습니까?" 하였고 또 풍수설을 들어 이곳에 정자를 짓는 것이 합당하지 않다고 말하였단다. 그러나 박공은 그 말을 듣지 않고 정자 짓는 일을 독려하여 집터를 닦다가 옛날에 있던 정자 터를 발견했는데 주춧돌과 섬돌이 그대로 남아 있더라는 것이다. 그러자 고을 사람들도 감히 더 이상 반대하지 못했다고 한다. 거기에서 발견된 정자의 유적은 아주 오래전의 것으로 숲속에 완전히 묻혀 있어 고을 사람들이 전혀 알지 못했던 것이다. 이것으로 보아 영랑 같은 신선이 또 나타날지 어찌 알겠는가?

나는 지난번 박공의 말을 듣고 그 경치의 일부분은 알았지만, 지금 이 경포대에 올라 이곳의 아름다움을 직접 자세히 살펴본 뒤에야 이 글을 써서 그가 지은 정자의 벽에 걸게 하였다.

지순〔至順 : 원(元) 문종(文宗)의 연호〕 2년(1332년, 고려 충숙왕 복위 1년, 작자 46세) 2월 기(記)함.

—『근재집』

사간 벼슬을 한 정지상*은 이렇게 읊었다.

비 갠 푸른 언덕에 풀빛도 가지가지인데
남포로 임 보내는 이별가 슬프기도 하구나.
대동강물이야 언제 없어질까마는
이별의 눈물 해마다 보태어 물결을 만드네.

雨歇長堤草色多 送君南浦動悲歌
大同江水何時盡 別淚年年添作波

연남(燕南 : 중국 지명)에 살던
양재*는 위 시의 마지막 구를, "이
별의 눈물 해마다 푸른 물결을 불
려 주네(別淚年年漲綠波)."로 고
쳤다. 그러나 나는 위의 두 언어인
'작(作)'이나 '창(漲)' 자가 모두
원숙하지 못하다고 느꼈다. '첨록
파(添綠波)'로 고쳐 '이별의 눈물
해마다 푸른 물결에 보태네.'로
하는 것이 합당하다고 생각했다.
　정지상의 다른 시 중에는 이런
시구가 있다.(이하는 주로 경치를

여러 시를 예로 들어 시문학에 대한 언어의 미학을 감상하고 새로운 비전을 제시한 평론.문학.

이제현(李齊賢) 1287～1367년. 고려 시대의 문신. 본관은 경주(慶州). 자는 중사(仲思) 또는 실재(實齋), 초명은 지공(之公). 호는 익재(益齋) 또는 역옹(櫟翁). 시호는 문충(文忠). 1301년(충렬왕 27년) 성균시(成均試)에 장원하고 이어 문과에 급제. 1303년 권무봉선고판관(權務奉先庫判官)과 연경궁녹사(延慶宮錄事) 등을 거쳐 여러 관직을 지냄. 당대의 명문장가로 정주학(程朱學)의 기초를 확립하였고, 조맹부의 서체를 도입하여 유행시켰다. 공민왕 묘정(廟庭)에 배향. 경주의 귀강서원(龜岡書院)과 금천(金川)의 도산서원(道山書院)에 제향되었다. 저서에 『효행록(孝行錄)』, 『익재집(益齋集)』, 『역옹패설(櫟翁稗說)』, 『익재난고(益齋亂藁)』 등이 있다.

정지상(鄭知常) 고려 인종 때 학자이며 시인. 호는 남호(南湖). 묘청의 난에 연루되어 김부식에게 참살당함. 저서에 『정사간집』이 있다.

양재(梁載) 원나라 사람으로 고려에 귀화한 충숙왕 때 권신.

읊은 작품 중에서 안팎 대구로 된 두 줄씩만 따왔다.)

그곳은 하늘에서 그리 멀지 않았는지.
사람과 흰구름이 한가로이 마주하고 있네.

뜬구름 흐르는 물 따라 나그네가 절에 이르니
붉은 단풍 푸른 이끼 낀 곳에 중은 문을 닫았군.

푸른 버드나무 밑의 여덟 아홉 채 집은 사립을 닫았고
밝은 달 아래 서너 사람은 문발을 걷어 올렸다.

별과 맞닿은 세모진 지붕의 집도 있고
허공에 높이 솟은 한 채의 누각도 있다.

바위 머리 소나무는 한 조각 달 아래 늙어 가고
하늘가의 구름은 천 개의 산에 내려앉았다.

地應碧落不多遠 人與白雲相對閑

浮雲流水客到寺 紅葉蒼苔僧閉門

綠楊閉戶八九屋 明月捲簾三兩人

上磨星斗屋三角 半出虛空樓一間

石頭松老一片月 天末雲低千點山

정지상은 이런 구절을 많이 썼다.

삼십

상서(尙書) 김신윤(金莘尹)은 의종 경인년(1170년) 9월 9일에 당시 정중부의 반란 같은 처참한 현실을 이렇게 노래했다.

임금의 궁궐 근처에 전쟁이 일어나서
사람을 베어 죽이기를 거침없이 하였지.
어떻든 좋은 명절 그냥 보낼 수 없어
흰 막걸리에 누른 국화 띄워 마시네.

輦下風塵起 殺人如亂麻
良辰不可負 白酒泛黃花

이 글로 보아 당시의 사정이 어쩔 수 없는 상황임을 알 수 있다. 그러나 이 늙은이의 마음도 구애됨이 없이 고상한 면이 있어 평범하지는 않다.
(중략)
서하 임춘(林椿)은 꾀꼬리 울음소리를 듣고 이렇게 읊었다.

농촌에 오디가 익으니 보리도 익어 가는데
푸른 숲속에서 누른 꾀꼬리 노래 처음 듣겠네.
마치 서울서 돌아온 이 나그네를 아는 듯이
백 가지로 꺾여지는 은근한 소리 그칠 줄 모르네.

田家椹熟麥將稠 綠樹初聞黃栗留
似識洛陽花下客 殷勤百囀未能休

문청공 최자(崔滋)는 밤에 숙직하다가 채진봉(採眞峯)에서 학이 우는 소리를 듣고 이렇게 시를 썼다.

구름 걷힌 하늘에 달은 마침 밝은데
소나무에 깃들여 자던 학은 맑은 흥에 겨웠구나.
온 산에 가득한 원숭이나 새는 자신을 몰라 주어
홀로 성긴 날개를 솟구치며 밤중에 운다.

雲掃長空月正明 松捿宿鶴不勝淸

滿山猿鳥知音少 獨刷疎翎半夜鳴

위의 두 시는 모두 불우한 자신의 처지를 읊은 시이나 문청공의 강개한 기세는 서하의 작품보다 훨씬 앞선다.
정언 진잠(陳潛)은 버들을 주제로 시를 읊었다.

봉성의 서쪽 언덕 만 갈래 금빛 가지
봄 근심 끌어다가 그늘을 만들었지.
끝없는 세월 속에 빛과 바람 불어오니
안개와 비 일으키며 가을로 향해 간다.

鳳城西畔萬條金 句引春愁作暝陰

無限光風吹不斷 惹煙和雨到秋深

이 시의 정취는 매우 아름답지만 당나라 이상은(李商隱)이 버들을 읊은 시와 비교해 보자.

  봄바람에 흩날리며 춤추는 자리 휘젓기도 하고

  즐겁게 노는 비 갠 동산에서 이별의 슬픔도 보았지.

  어느덧 맑은 바람 불어오는 가을철을 만나

  저녁 햇볕 받으며 다시 매미가 앉아 울음 우네.

  曾共春風拂舞筵 樂遊晴苑斷腸天

  如何肯到淸秋節 已帶斜陽更帶蟬

  진잠은 이 작품을 모방해 지었다. 황산곡(黃山谷)이 이르기를, 남을 따라 계획을 세우면 결국 남의 뒤밖에 못 따르니 스스로 일가견을 가져야 진리에 가까워진다고 했다. 이 말은 믿을 만하다.

—『역옹패설』

빌려 탄 말의 의미 · 이곡

나는 집이 가난해서 말이 없다. 그래서 가끔씩 남의 말을 빌려 타는데, 때로 둔하고 힘없는 말을 빌리게 되면 아무리 급한 일이 있어도 미끄러지고 쓰러질까 두려워 채찍질을 할 수가 없었고 움푹 팬 도랑을 만나면 내려서 걸어야 했다. 이런 이유로 후회할 사고는 당하지 않았지만, 때로 발굽이 높고 귀가 쫑긋하며 크고 잘 달리는 말을 빌리게 되면 자신도 몰래 의기 양양해져서 채찍으로 엉덩이를 치며 고삐를 놓아 주니 말은 높은 언덕이나 깊은 골짜기도 평지처럼 빨리 달렸다. 하지만 가끔씩 말에서 떨어져 상처를 입는 수가 있다. 사람의 마음은 대상에 따라 이렇게 쉽게 바뀐다. 참으로 놀라운 일이다. 남의 것을 빌려서 겨우 한 번 사용하는 데도 이와 같이 변덕스러운데 하물며 돈을 주고 산 물건이야 더 말할 나위가 있겠는가?

한편으로 생각해 보면, 사람이 소유했다고 하는 것도 빌린 것과 마찬가지다. 임금은 백성의 힘을 빌려 높은 위치에서 부유함을 누리고, 신하는 임금의 세력을 빌려 귀한 존재가 된다. 똑같은 방법으로 아들은 아버지에게, 부인은 남편에게, 종은 주인에게 깊고 큰 힘을 빌려 자기의 소유로 삼지만 끝내 그것을 깨닫지 못하고 만 것이다. 의아스러운 일이 아닌가?

어찌하다가 한순간에 자기가 그동안 빌려 쓰던 것을 돌려주게 되는 일이 있다. 이런 경우 온 나라를 통치하던 임금도 졸지에 독불장군이 되고, 남의 존경을 받던 신하도 귀양가는 신세로 바뀌고 만다. 이런 것을 볼 때 그보다 못한 하찮은 존재야 더 말할 나위가 있겠

빌려 탄

변덕스러운 마음을 표현한 글. 세상의 모든 것은 결국 잠시 빌려 타는 말과 같이 자신의 소유는 없다는 뜻.

이곡(李穀) 1298～1351년(충렬왕 24～충정왕 3년). 호는 가정(稼亭). 이색의 아버지며 이제현의 문인. 1333년 원나라에서 급제. 정동행중서우사원외랑이 되어 원제에게 건의하여 고려로부터의 처녀 징발을 중지하게 했다. 유고집 『가정집(稼亭集)』이 있다.

는가? 맹자(孟子)가 이르기를 "오랜 시간 빌려 쓰고 돌려주지 않으면 그것이 남의 것이라는 것을 어찌 알겠는가." 했는데, 나는 그 말에 감동한 적이 있어 이렇게 '빌린 말의 의미(借馬說)' 라는 제목으로 글을 써서 내 생각을 널리 알리고자 한다.

—『가정집』

부여 기행 · 이곡

기축년(1349년, 충정왕 1년) 5월 보름날, 나는 진강(鎭江)의 원산(圓山)에서 밤중에 배를 타고 강물을 거슬러 날이 채 새기 전에 용연(龍淵)에 도착하였다. 그곳 언덕에서 송정(松亭)의 전 거사(田居士)와 임주(林州)의 사또 반 사군(潘使君)이 먼저 와서 기다리고 있었다. 그들과 함께 배를 타고 뱃머리를 북쪽으로 돌려 저물녘에 고성(古城)에 도착하였고 다음날 부여성의 낙화암에 이르렀다.

옛날 당나라에서 소 장군(蘇將軍 : 정방)을 보내어 백제(百濟)를 쳤는데 부여는 백제의 옛 도읍지다. 당시 당나라 군대가 급히 포위하여 들어오자 백제의 임금과 신하들은 궁녀들을 버리고 도망쳤고, 궁녀들은 당나라 군대에게 몸을 더럽힐 수 없다며 모두 이 바위로 올라와서 물에 빠져 죽었다. 그리하여 '낙화암'이라는 이름이 붙여졌다고 한다.

부여의 낙화암을 중심으로 그곳에 얽힌 전설을 기록한 글 그 지방의 명칭이나 설화는 오늘날의 것과 비교 자료가 되기에 충분하다. 작자가 글에서도 지적했듯이 이 글의 내용은 당시에도 단지 그 지방 사람들의 입으로 전해 오는 이야기를 적은 것이지 확실한 증거가 있는 것이 아니다. 따라서 이를 통해 우리 설화의 발전 과정도 더듬어 볼 수 있다.

부여 감무(扶餘監務)가 바위 모퉁이에 있는 절인 승사(僧舍)에 음식을 장만하여 놓았다. 정오가 되자 우리는 닻줄을 풀고 서쪽으로 조금 올라갔는데 큰 바위가 튀어나와 있고 그 밑은 깊고 푸르러서 그 깊이를 알 수가 없었다.

당나라 군대가 도착하여 강 건너에 진을 치고 강을 건너려고 하니 구름 같은 안개가 자욱하여 방향을 알 수가 없었다. 그리하여 사람을 시켜 그 원인을 알아보니, 용의 굴이 그 밑에 있어서 백제를 호위하기 때문이라고 하였다. 당나라 사람 중 도술을 부리는 자가 꾀를 내어 미끼로 용을 낚으려 했는데, 용이 처음에는 버티고 올라오지 않다가 힘을 다하여 잡아 올리니 바위가 커다랗게 패었다. 지금 그 팬 자국의 넓이가 한 자쯤 되고 길이는 열 자쯤 된다. 그리고 물가로부터 바위 꼭대기까지 마치 깎아서 만든 것 같은 곳은 조룡대(釣龍臺)라고 하였다.

조룡대에서 5리쯤 떨어진 곳에 강의 남쪽 언덕이 있는데, 거기에 호암사라는 승사가 있다. 이 승사는 깎아 세운 듯한 바위 절벽에 바위를 의지하여 서 있었다. 그 바위가 호암(虎岩)이다. 바위에 호랑이가 밟고 올라간 듯한 발자국이 완연히 나 있어 붙은 이름이다.

바위 서쪽에 천길 낭떠러지가 있고, 낭떠러지 위에 천정대(天政臺)가 있다. 백제 시대에 하늘과 서로 대화하던 곳이다. 그 시대에는 인재를 등용할 때마다 등용할 사람의 이름을 써서 이 천정대에 올려놓고, 임금과 신하가 도포와 홀(笏)을 갖춘 뒤에 저 모래톱 위에서 엎드려 기다리다가 하늘에서 그 이름에 점(點)을 찍기를 기다려 낙점(落點)된 사람을 등용했다고 한다. 그 지방에 전해 내려오는 이야기다.

호암에서부터 걸어서 천정대까지 오니 그곳에는 터도 남아 있지 않고 돌만 하나 우뚝 솟아 있었다. 이것이 이른바 부여에서 네 가지 감탄할 만한 것 중 하나로, 그 지방 명물이다. 그리하여 구경하기 좋아하는 사람들이 앞다투어 먼 길을 찾아온다고 한다.

나의 고향은 여기에서 겨우 60여 리밖에 떨어져 있지 않아 예전부터 이곳을 지나 다녔지만 한 번도 주의깊게 본 적은 없었다. 스스로 구경하는 것을 좋아하지 않는다고 생각했는데, 지금 농사 짓는 계절을 맞아 귀한 손님들과 벗하여 노래 부르는 사람과 백여 명의 종자를 거느리고 이곳에 와서 노닐게 되었다. 그런데 그 시간이 자그마치 왕복 3일이 걸렸으니, 이러고도 구경을 좋아하는 자가 아니라고 할 수 있겠는가?

한편 역사에는 이곳에 얽힌 얘기가 자세히 기록되어 있지 않고, 또 이러한 전설을 뒷받침할 만한 비기(碑紀)도 없으니, 이곳 사람들의 입으로만 전해 오는 이야기들은 그저 신비스러울 뿐이다. 과연 이러한 이야기들을 믿어야 할지는 모르겠다. 게다가 내가 지금 여기에서 본 것들은 옛날 내가 젊었을 때 들어본 소문만 못한 것이 많다. 그리하여 이 글 속에 내가 지금 이곳에서 보고 듣고 느낀 것을 그대로 기록하여 두니, 훗날 구경 좋아하는 사람들이 나의 심정을 십분 참작하기 바라고, 내가 이곳을 구경한 사실을 그냥 기록으로 남기기 위하여 썼다는 점도 알아 주기 바란다.

—『가정집』

유배 생활을 하던 염동정*이 천령현(川寧縣)으로 유배지를 옮겼을 때 그곳 개울의 양쪽 언덕에 나무 등걸을 걸쳐 놓고 그 위에 정자를 지어, 그 정자에서 하루하루를 지냈다. 그러고는 "싸움에 진 것을 서글퍼 여겨 돌로 입을 씻고 흐르는 물을 베개 삼아 누워 지낸다."는 고사숙어 '수석침류(漱石枕流)'에서 인용하여 그 정자를 '침류정'이라고 하였다.

그는 유배지에서 돌아온 뒤에 나에게 그 정자 이름에 대한 기문(記文)을 써 달라고 하였다. 나는 그에게 말하였다.

"동정은 돌아가신 선왕의 각별한 대우를 받아 젊은 나이에 재상의 자리에 올랐으니 마땅히 그 은혜를 지금의 임금께 갚아야 하네. 그 외에 무엇을 더 말하겠는가? 임금님께 해야 할 말이 있으면 두려워하지 말고 간쟁할 것이며, 해야 할 일이 어렵다고 피하지 말고 용감하게 하여야 하네. 마음이 어둡고 혼탁하여 마치 띠풀이 엉기듯 해도 그 마음을 흔들어 깨우쳐야 하네. 이와 같이 닥쳐 온 곤란을 정면으로 상대하여 진정시키면 굳센 기운은 금석(金石)을 능가하고 충성스러운 마음은 귀신도 감동시킬 수 있다네. 이것이 바로 굽힐 수 없는 확고한 지조일세. 아무리 왕도(王都)에서 쫓겨나 유배 생활을 하고 있더라

침류정이라는 정자를 지은 경위와 이름의 동기나 뜻 등을 논리적으로 기술한 전형적인 기술문. 물과 사람의 관계, 물과 자연의 관계, 물의 특성을 들어 이 정자의 이름에 걸맞은 생활까지 충고하였다.

이색(李穡) 1328~1396년(고려 충숙왕 15~조선 태조 5년). 이곡의 아들이며 이제현의 제자. 자는 영숙(穎叔), 호는 목은(牧隱). 여말 3은 중 한 사람. 1373년 한산군에 봉해져 정당문학, 판삼사사로 있다가 태조의 세력을 억제하려 하였으나 명나라에 사신으로 가서 태조의 위화도 회군으로 주체세력에 의하여 합창에 유배·안치되었다. 1392년 풀려났으며, 1395년 한산백이 되었다. 저서로 『목은시고』, 『목은문고』 등이 있다.

염동정(廉東亭), ?~1388년. 본명은 흥방(興邦). 자는 중창(仲昌). 고려 권신. 공민왕때 문과에 급제. 1362년(공민왕 11년)에 지신사(知申事)로 홍건적을 대파하여 수도를 탈환하여 2등 공신이 되고 밀직부사를 거쳐 제학이 되었으나 이인임(李仁任)의 뜻에 거슬려 유배되었다가 권신들의 회유로 권세를 찾고 그들과 합세하여 부패한 행정에 동참하였다. 후에 이성계 일당에게 사형당했다.

도 육체와 목숨을 온전히 지키며 산수에 대한 즐거움을 바라는 대로 누렸다면 이는 곧 임금의 은혜일세. 이것이 강호에 멀리 떨어져 살면서도, 임금께 충성하는 마음을 한순간도 잊어서는 안 되는 까닭일세. 그런데 자네는 왜 정자 이름을 이러한 뜻에 어긋나게 지었나? 그것은 옛날 은사(隱士)인 소부와 허유처럼 임금 자리를 주겠다는 말을 듣고 귀를 더럽혔다고 하여 자신의 귀를 씻은 뒤에, 오로지 세상 일에 대한 소문을 듣지 않기를 바라는 뜻에서인가? 아니면 자신의 몸만 깨끗이 간직하고 세상의 잡다한 일을 멀리하려는 의도인가?"

동정이 대답하였다.

"그렇지 않네. 저 물의 바탕은 맑은 것일세. 그러므로 그 기운이 사람에게 닿으면 뼈 속에 그 차가움이 스며드는 것일세. 그러면 마음속의 혼탁함이 깨끗하여지고, 마음의 동요가 진정되어 인간의 본원(本源)인 천지 사방을 바르게 볼 수 있네. 하늘은 곧 물을 만들어 5행(五行 : 水, 火, 金, 木, 土)의 첫머리에 놓았는데 모든 물체가 번식되는 것이 바로 이 물의 덕이라네. 누구든 일상 생활에 없어서는 안 되는 것이 바로 물과 불 아닌가? '벤다(枕)'는 것은 친하다는 뜻에서 따온 것일 뿐 다른 뜻은 없네. 그러니 자네가 이 뜻을 가지고 글로써 정리하여 주게나."

일찍이 들으니, 이 세상에서 물이 가장 크므로 땅은 물위에 있다고 하였다. 물에 떠 있는 것은 모두 물을 베고 있다고 할 수 있다. 그렇다면 어찌 사람만 물을 베었겠는가?

지금 저기 있는 산은 높고 커서 하늘에 맞닿아 있으며 거기에 사는 동물이나 식물은 아무리 비와 이슬을 받아 먹고 산다지만 물기가 그 산에 통하지 않는다면 어찌 살아가겠는가? "큰 산봉우리 위에 옥같이 깨끗한 우물이 있어 연꽃이 피어났다."는 옛시는 바로 이것을 뜻한다. 넓은 벌판이나 깎아지른 듯한 낭떠러지 밑에서 물이 나오는 것은 당연한 일이다. 그리하여 사람이 사는 곳이면 물이 없는 곳이 없고, 사람이 먹는 음식도 물이 없으면 나지 않는다. 결국 물과 사람은 잠시도 떨어져서는 살 수 없음이 분명하다.

동정은 처한 상황과 지위에 따라 그것을 교훈으로 삼으니 그의 지식은 한 시대의 높은 경지에 있다고 하겠다. 곧 본래부터 부귀를 타고났으면 거기에 알맞게 처신하고 환난(患難) 중에 처해 있으면 거기에 대처하여 행동하게 되니, 이런 것에서 스스로 깨달은 바가 많을 것이다.

나는 구름이 걷히면 달이 보이고, 물이 흐르면 바람이 일어난다는 것을 안다. 그러나 동정은 속세를 멀리 하고 우뚝 서 있으니 그러한 그에게 부귀와 환난이 어찌 마음을 움직이겠는가? 결국 하늘이 동정의 덕성을 더욱 두터이 하고, 그 덕성을 사방에 고루고루 퍼지게 하여 우리 백성의 번거로움을 씻어 주고 정신을 트이게 할 것이다. 이러한 의도로 이 글을 쓰는 바이다.

—『목은집(牧隱集)』

어떤 이가 늙은 뱃사람에게 물었다.

"당신은 늘 배를 타고 있는데 어부로 보자니 낚시가 없고, 장사꾼으로 보자니 물건이 없고, 강나루에서 행인을 실어 나르는 뱃사공으로 보자니 강물을 왔다갔다하는 것을 보지 못하겠소. 나뭇잎만한 조각배 하나를 타고 끝이 보이지 않는 물속에 들어가서 거센 폭풍우와 무서운 풍랑을 만나면, 돛대도 꺾이고 삿대도 부러져서 죽음이 경각간에 닥치게 되고 정신은 삶과 죽음의 갈림길을 헤맬 터인데, 이렇게 위험한 생활을 중지하고 육지로 올라오지 않으니 그것은 무엇 때문이오?"

그가 대답하였다.

"여보시오! 당신은 생각해 보지 않았소? 인간의 마음이란 간사하기 짝이 없다는 것을 말이오. 사람이란 평탄한 길만 걷다 보면 방자해지고 위험한 곳에 가면 두려워서 어쩔 줄을 모르게 되오. 두려움을 느끼면 경계하는 마음이 생겨 자신의 존재를 튼튼히 하려고 노력하지만, 반대로 편안한 생활 속에 방자한 마음이 생기면 결국에는 생활이 방탕해져서 자신을 망치게 되는 것이오. 그러므로 나는 차라리 위험한 처지에 있으면서 늘 경계하는 마음을 가질지언정 편안한 생활에 빠져 스스로를 망치고 싶지 않소. 게다가 이 배는 항상 물위에 떠 있지만 한 쪽으로 치우치게 되면 반드시 기울어져서 전복되므로 왼쪽이든 오른쪽이든 어느 쪽도 더 무겁지도 않고 더 가볍지도 않게 내가 늘 그 중심에서 균형을 잡아 준다오. 그런 뒤에라야 이 배는 한 쪽으로 기울지 않고 평형을 이룬다오. 이렇게 평형을 이루면 아무리 거센 풍랑을 만나도 배가 전복되지 않을 터이니 그 풍랑이 어찌 내 마음의 평정을 흔들 수 있겠소.

한편으로 생각해 보면 인간 세상은 커다란 물결과 같고, 사람의 마음은 큰 바람과 같소이다. 인간의 조그마한 몸은 그 물결과 바람 가운데 끼여 있는 것이오. 그러니 인간의 몸이 만경창파에 떠 있는 나뭇잎만한 조각배 하나와 무엇이 다르겠소?

내가 배를 타고 물위에 떠다니며 육지에서 생활하는 이 세상 사람들을 바라보니 그들은 늘 편안한 것만을 생각하고 있소. 자기 앞에 닥쳐올 환난은 염려하지도 않는다는 말이오. 때로는 무모하게 함부로 욕심을 부리다가 마침내 서로 붙들고 함께 물속으로 빠져 들어가는 것도 보았소. 이러하거늘 당신은 어찌하여 이런 것은 두려워하지도 않고 도리어 나를 염려하는 것이오?"

말이 끝난 뒤 늙은 뱃사람은 손으로 뱃전을 두드리며 노래하였다.

아득한 강과 바다, 멀기도 하여라.
텅 빈 배 띄워 그 가운데 흘러가네.
저 밝은 달 싣고 홀로 떠다니며
애오라지 한평생을 넉넉하게 살리라.

그리고 그는 다시 더 말하지 않고 멀리 떠났다.

—『양촌집』

경상도는 남쪽에서 가장 큰 행정 구역이다.

서울에서 경상도를 가려면 반드시 큰 재(조령)를 넘어야 하는데, 이 재를 넘고도 큰 산 샛길을 백여 리쯤 통과하여야 한다. 많은 골짜기에서 흘러내려온 물이 모여서 냇물이 되고 그것이 관갑(串岬)에 이르러서는 더욱 많아진다. 조령을 넘어온 사람들은 이 관갑을 통과하기가 가장 어렵다는 것을 알게 된다. 절벽 밑으로 사다릿길인 잔도(棧道)를 만들어 놓아 사람이나 말이 위험을 무릅쓰고 그곳을 지나 다닌다. 위로는 가물가물한 낭떠러지가 끝없이 펼쳐져 있고 발밑에는 깊이를 알 수 없는 물이 넘실거리며 흘러간다. 이 위험하고 좁은 길을 지나는 자는 누구를 막론하고 등골이 오싹해지고 정신이 아찔해진다. 이러한 길을 두어 마장쯤 지나야 비로소 평탄한 길이 나오고 곧이어 큰 내를 건너야 하는데 이곳이 바로 개여울 견탄(犬灘)이다. 견탄은 호계현(虎溪縣)의 북쪽에 있는데 우리 나라에서 가장 중요한 요충지로 이 도에서도 가장 험한 곳이다.

이 견탄가에 옛날부터 원(院 : 여관)이 하나 있는데 허물어진 지가 오래되어 그동안 이곳을 지나는 나그네들이 쉴 곳이 없었다. 화엄대사(華嚴大師) 진공(眞公)이 일찍이 이곳을 지나다가 무너진 원을 복구하려고 곧 그의 도제(徒弟)들과 함께 우선 초막을 지어 자신들이 거처할 곳을 만든 다음 근처에 사는 사람들을 설득해 돈을 모아 재목을 장만하고 기와를 구워 집짓기를 시작하였다.

진공은 나그네가 숙박할 곳을 몇 칸 세워 신분의 높고 낮음에 따라 방을 다르게 만들었으며, 말의 숙소는 사람들이 자는 방과

문경의 견탄에 여행객의 숙소인 원을 세운 화엄대사의 자비심을 칭송하고 그 원의 유래와 필요성을 기술한 글. 이 글을 통해 옛날의 숙박업소는 오늘날과 같이 영리를 목적으로 하지 않았음을 알 수 있다.

견탄원루기 · 권근

멀리 떨어지게 하였다. 또 그 남쪽에는 누각 몇 칸을 따로 세웠다. 잠잘 사람은 자고, 구경할 사람은 이 누각에 올라가 놀고, 피로한 자는 편히 쉬고 더위에 지친 자는 시원하게 쉴 수 있게 하였다.

원을 짓기 시작한 지 몇 년이 되지 않아 공사가 끝나니, 도제들을 데리고 산길을 닦기 시작하였다. 모난 돌은 깎고, 기울어진 곳은 평평하게 고르고, 패인 곳은 메워서 관갑의 좁은 산길을 마침내 넓고 평탄한 길로 바꾸었다. 이 때부터 여행객은 걸어다닐 때에 발을 헛디디지 않았고, 말을 타고 가면서도 두려움을 느끼지 않았다. 이는 모두 화엄대사가 애쓴 덕택이다. 그러니 그가 사람에게 편리함을 제공하여 준 것은 가히 위대하다고 하겠다.

나의 형 반룡대사(盤龍大師)가 서울에 와서 나에게 그 원루의 전말에 대한 기문을 써달라고 하였는데 화엄대사와 반룡대사는 함께 승직(僧職)에 뽑힌 사람이어서 나는 의리로 보아 이 청을 사양할 수가 없었다.

나는 『주례(周禮)』를 참고하여 보았다. 국가에서 도로를 낼 때면 10리마다 집을 짓고 30리마다 숙박할 곳을 만들었는데, 후세에 내려오면서 또 10리마다 큰 정자를 하나씩 짓고 5리마다 작은 정자를 하나씩 지었다고 한다. 모두 여행객을 보호하기 위해서이다. 또 국가에서는 역(驛)을 만들어 임금의 명을 전달하게 하고, 원을 만들어 장사꾼이나 나그네에게 편리함을 제공하여 주니 공사(公私)의 구분이 분명하여졌다. 그런데 지금은 역에는 아전이 있어서 업무를 수행하는데 원에는 토지만 내려 주고 백성 중에 원하는 자를 모집하여 관리하게 하니, 근래에는 넓고 기름진 들판에 있는 원까지도 폐허로 방치하여 둔 곳이 많다. 이런 깊은 산, 척박한 지방에 있는 원이야 더 말할 나위가 있겠는가?

한편 넓은 들판의 인구가 조밀한 곳이야 비록 원 같은 숙박 시설이 없더라도 하룻밤쯤 묵어 갈 곳은 많지만, 이곳처럼 인가가 멀리 떨어진 깊은 산골에는 원 같은 숙박 시설이 없으면 나그네가 잠을 잘 곳이 없다. 날은 저물고 사람이나 말은 피로하여 더 이상 갈 수가 없는데도 하룻밤 쉬어 갈 곳이 없다면 사나운 맹수의 피해를 막을 수 없고, 도둑의 횡포를 당할 수 없을 것이다. 길손들의 두려움이 이보다 더한 것이 있겠는가?

우리 화엄대사가 이 원을 세움으로써 험난한 이곳에 지나가는 여행객에게 편히 쉴 장소를 제공한 공로가 다른 지방의 원보다 열 배 백 배는 된다는 사실을 나는 여기에 기술하려고 한다.

예전에 친구에게서 불법(佛法)에 대한 이야기를 들었다. 불법에는 인간에게 이로움을 줄 만한 것이면 무엇이든 안 하는 것이 없다고 하였다. 길과 교량을 닦고 원관(院館)을 세우는 것도 모두 그 가운데 든다고 하였다. 그러나 그 공덕에 대한 응보(應報)야 내가 일찍이 배우지 못했으므로 나는 모르겠다. 어쨌든 그것에 대해서는 대사가 스스로 알아서 하였을 것이다.

—『양촌집』

어떤 일은 백 세대를 지나도 없어지지 않는 것이 있으니, 사람들에게 호기심을 불러일으킬 만한 기괴한 일이 그렇다. 특히 그 호기심이 크면 클수록 그 일은 오래도록 후세에 전하는 것이다.

세상에 널리 알려진 도원(桃源)에 대한 옛이야기는 시나 노래 같은 데 많이 전해 내려오지만 나는 아직까지 직접 들은 적이 없어서 늘 마음속으로 안타까워했다. 그런데 어느 날 비해당(匪懈堂 : 안평대군의 호)이 「몽유도원기(夢遊桃源記)」라는 글을 지어 와서 나에게 보여 주었는데, 내용이 사실적이고 문장이 아름다워서 도원의 시내가 흐르는 모습과 도화가 피어 있는 광경이 옛날의 시가와 꼭 같았을 뿐 아니라 나 역시 그곳에 함께 놀러 간 듯한 착각을 일으키게 하였다. 그리하여 그 글을 읽으며 나도 몰래 감탄하였다.

"참으로 기이하기도 하여라, 이런 곳이 있을 수 있을까! 이 도원 이야기의 시초는 동진(東晉) 시대인데 지금으로부터 수천 년 전 이야기이고, 그 이야기의 장소인 무릉(武陵)이라는 곳도 우리 나라에서 만여 리가 넘는 곳이다. 만여 리가 넘는 바다 밖에서 수천 년 전에 잃어버린 길을 찾고 또 그 당시의 풍습을 접하게 되니 이것이 더욱 기이하지 않은가? 옛사람이 이르기를, '정신이 만나서 꿈이 되고 형체가 서로 접촉하여 사건이 되는데, 그것은 곧 낮에 생각한 것이 밤에 꿈으로 나타나 정신과 형체가 만난다.' 하였다. 형체가 밖에서 물체와 만나기는 하지만 그 안에 정신이 주장하지 못하면 형체가 홀로 접촉할 수 없다는 뜻이다. 이것으로 보아 정신은 물체에

비해당이 지은 「몽유도원기」를 읽고 자신의 느낌을 추가하여 쓴 서문.

박팽년(朴彭年 : 1417~1456년(태종 17~세조 2년) 사육신 중한 사람. 호는 취금헌(醉琴軒). 1434년(세종 6년)에 알성문과 급제. 형조참판 역임. 집현전 학사로서 경술(經術)과 문장, 필법이 뛰어나 집대성(集大成)이라는 칭호를 받았다. 3대가 화를 입어 그에 대한 행장이나 문집 등이 전하지 않으며, 다만 『추강집』이나 그 밖의 책에 간헐적인 기록으로 남아 있다.

붙이지 않고도 독립할 수가 있을 뿐 아니라 어떤 물체를 기다리지 않고도 존재한다는 사실을 알 수 있다. 정신은 느낌으로써 통하며 서두르지 않아도 빨리 전달되는 것으로서 말이나 문자가 도저히 미칠 수 없는 것이다. 어찌 현실에서 행한 사실만이 진실이고 꿈속에서 한 일은 거짓이라고 할 수 있겠는가? 하물며 인간이 이 세상에 사는 것도 역시 하나의 꿈이다. 도원은 옛사람이 현실에서 직접 본 것인데, 현재의 사람이 꿈속에서 본 것이라고 하여 옛사람만 그 기괴함을 독점하고 오늘날 사람은 그럴 수 없다고 할 수 있겠는가? 꿈과 생사에 대한 분별은 옛사람도 어렵게 여기던 바인데 내가 어찌 감히 거기에 대하여 논란하겠는가? 지금 나는 기문을 보고 그 당시의 일을 상상해 보며 그동안 보고 싶어하던 소원을 이루었으니 이것이 다행한 일이다."

비해당이 쓴 도원의 도형(圖形)에 대한 기사를 가지고 선비들에게 청하여 시로써 찬양하게 하고, 나도 그를 따르고 존경하는 반열에 있는 한 사람으로서 그 시문의 서문을 써 달라는 요청을 받았다. 나는 문장이 졸렬하다는 이유만으로 그 청을 사양하지 못하고 우선 이렇게 써 보았다.

— 『박선생 유고(朴先生遺稿)』

내가 근보(謹甫 : 성삼문의 자)와 청보(淸甫 : 이개) 두 사람과 함께 평남 순천군 천보산(天寶山)에 들어가 독서를 할 때였다. 마침 늦은 봄이라서 황설각 (黃雪閣) 문을 활짝 열어 놓고, 휘파람도 불고 시도 읊조리고 있는데 한 스님이 고상한 모습으로 뜰 앞을 지나갔다. 근보가 그를 불러서 불경을 외워 보라고 청하자 그는 거리낌없이 우리 앞에 서서 불경을 외는데 목소리가 웅장하고 커서 마치 산이 반향하고 집이 흔들리는 것 같았다.

그 목소리에 감탄한 나머지 그와 이야기를 나누었는데 말솜씨도 거침이 없는데다가 속세의 때가 묻지 않았다. 그리하여 그 날부터 거의 매일 저녁 그와 함께 담론하였다. 그러던 어느 날 그가 조용히 나에게 말하였다.

"나는 부처의 뜻에 따라 사방으로 떠돌아다녀야 하는 운명을 타고났습니다. 내가 떠나기 전에 나에게 글이라도 한 줄 써주시지 않겠습니까?"

나는 대답하였다.

"스님께서 구하려는 것은 반대로 나는 버리려는 것이오. 내가 구하려는 것은 스님께서도 외면하려는 것이오. 마치 사람이 남과 북으로 서로 등을 돌리고 달아나는 것과 같소이다. 그런데 내가 무슨 말을 한단 말이오? 그러나 우리는 소맷자락을 스친 인연이 있으니 의리로 보아 스님의 부탁을 거절할 수도 없소. 옛말에 '중은 한 그루의 뽕나무 아래서도 3일 동안을 연달아 묵지 않는다.' 고 하는데, 스님께서 사방으로 다니시려는 뜻을 품고 계시는 것도 진실로 옳은 일이오. 그런데 갈 수 있는 길(道)은 사람이면 누가 가지 않겠소? 오로지 한 개의 길이 있는데 강을 건너고 바다를 넘어서 바라보아도 그 끝이 보이지 않고, 거슬러 올라가도 배를 댈

작자가 과거에 급제한 뒤 사가독서를 하던 때에 월암 스님과 교류하다가 그와 이별하면서 그 소감과 부탁의 말을 적은 글. 작자의 해박한 지식과 인정미가 엿보인다.

곳이 없소. 배나 수레도 이르지 못하고 사람의 힘으로는 닿지 못할 곳에 있으므로, 한평생 구하여도 거의 얻지 못하는 자가 천 명이나 만 명뿐만이 아니라오. 스님도 사람들이 가는 곳으로 가다가 끝나겠소? 아니면 사람들이 가지 않는 길을 구하여 얻을 수 있다는 말이오? 만일 그 길을 얻지 못한다면 비록 길에 떠돌아다니다가 늙더라도 결국 평범한 사람의 죽음이나 다를 바 없이 귀신의 소굴로 빠져들 것이오. 그러니 스님은 부디 그것에 힘쓰시오. 내가 한 이 말은 스님의 뜻에 근거를 두고 한 말이지 내가 배우는 바의 학문이 아니오. 내가 배우는 학문에 대하여서는 스님께서 알지 못할 것이므로 나는 스님을 위하여 더 말할 수가 없소."

스님의 이름은 모(某)이고 호는 월암이었다.

—『박선생 유고』

어느 벼슬아치가 진양 군수(晉陽郡守)로 부임하였는데 백성을 다스리는 규칙이 까다롭고 세금을 징수하는 데도 대중이 없어서 산림(山林)이나 과일, 채소 등 이익이 될 만한 것이면 빠뜨리는 법이 없었다. 절에 거주하는 중들까지도 그 영향을 받았다.

어느 날 운문사(雲門寺)의 중이 찾아왔다. 군수가 물었다.

"너희 절에 있는 폭포가 올해는 매우 볼 만하겠구나."

중이 얼결에 폭포가 무엇을 말하는지 생각이 안 나는데다가 혹시 그것에 세금을 매기지나 않을까 두려워 이렇게 대답했다.

"올 여름에 우리 절 폭포를 돼지가 다 먹어 버렸습니다."

강릉에 있는 한송정(寒松亭)이라는 정자는 경치의 아름다움이 관동 지방에서 으뜸으로 쳤다. 그래서 사신이나 중국에서 온 구경꾼들이 탄 수레와 말이 모여들어 그들을 접대하는 비용이 많았는데 그 지방 사람들은 늘 '저 한송정을 언제나 호랑이가 물고 갈 것인가?' 하고 말했다. 어떤 사람이 이것을 풍자하여 시를 지었다.

폭포는 그 해 돼지가 마셔 없어졌는데
(瀑布當年猪喫盡)
한송정은 언제나 호랑이가 물어 가려나?
(寒松何日虎將去)

— 『태평한화』

지방 장관의 학정에 시달리는 백성들의 면모를 엿볼 수 있으며 정치를 하는 사람에게 교훈을 주는 글.

서거정(徐居正) 1420~1488년. 조선 전기의 문신. 본관은 달성(達城). 자는 강중(剛中), 호는 사가정(四佳亭), 시호는 문충(文忠). 1444년(세종 26년) 식년 문과에 급제, 사제감직장을 지냄. 집현전박사를 거쳐 공조참의, 대사헌, 양관 대제학등을 겸임. 문장과 글씨에 능하여 『경국대전』, 『동국통감』, 『동국여지승람』 편찬에 참여. 왕명을 받고 『향약집성방』을 국역(國譯)했으며 성리학(性理學)을 비롯하여 천문·지리·의약 등에 정통했다. 저서에 『동인시화(東人詩話)』, 『동문선(東文選)』, 『역대연표(歷代年表)』, 『태평한화(太平閑話)』, 『필원잡기(筆苑雜記)』 등이 있으며 글씨에는 「화산군권근신도비(花山君權近神道碑)」가 있음. 대구 귀암서원(龜巖書院)에 제향됨.

도둑의 교훈 · 강희맹

도둑질을 전문으로 하는 자가 일찍이 그 기술을 아들에게 모두 가르쳐 주었다. 그러자 아들은 스스로 자기 기술이 아버지보다 훨씬 낫다고 생각하였다. 그는 늘 도둑질을 하러 가면 아버지보다 앞서 들어갔다가 나올 때는 뒤에 나왔으며, 가볍고 천한 것은 버리고 무겁고 귀한 것만 골라 가지고 나왔다. 또 귀와 눈이 밝아 먼 곳에서 나는 소리도 잘 들었고 어두운 곳에서도 먼 곳을 잘 살필 수 있었다. 그러자 다른 여러 도둑이 그의 능력을 칭찬하였다. 마침내 그는 아버지에게 자기 능력을 자랑하기를, "소자가 아버지보다 기술은 모자라지만 힘은 더 쓸 수 있습니다. 이제부터는 무엇이든지 두려울 것이 없습니다." 하였다.

아버지 도둑이 말하였다.

"그렇지 않다. 지혜는 겸손한 자세로 배워야 이룰 수 있으며 그 지혜도 스스로 터득한 것이라야 더욱 훌륭한 경험이 된단다. 그런데 너는 아직까지는 그러한 경지에 도달하지 못하였다."

아들이 대답하였다.

"도둑이야 재물을 많이 훔쳐 오면 되는 것이 아닙니까? 보십시오. 소자가 아버지와 함께 도둑질을 하러 가면 늘 아버지보다 더 많이 훔쳐 오지 않습니까? 그러니 뒷날 소자가 아버지 나이가 되면 아마 보통 사람들이 따르지 못하는 특별한 경지에 이를 것입니다."

"그렇겠지! 네가 만일 나의 경지에 도달하게 되면 군대가 아무리 삼엄하게 경계하는 성이라도 들어갈 수 있고, 또 아무리 깊이 감추어 둔 물건이라도 찾아낼 수 있을 것이다. 그러나 백 번 잘하다가도 한 번 실수하면 패가망신

도둑질을 할 때도 경험과 지혜를 토대로 임기응변을 잘하면 세상에서 독보적인 존재가 되듯이, 체력과 용맹보다 생활의 체험을 토대로 창의적인 활동이 중요하다는 것을 나타낸 글.

강희맹(姜希孟) 1424~1483(세종 6~성종 14년). 호는 사숙재(私淑齋), 1447년 별시 문과 급제, 좌찬성 역임. 1468년 남이 장군 옥사로 익대공신 삼등에 봉해졌다.

하는 실패가 뒤따른다. 그러니 물건을 훔치는 도중에 어쩌다가 탄로가 나 붙잡힐 지경이 되면 상황을 보아 도망쳐 나오는 기술은 스스로 체득하지 않으면 안 된다. 내가 보기에 너는 아직 그런 경지에 다다르지 못하였다."

그러나 아들은 마음으로 순응하지 않았다.

어느 날 밤 도둑 부자는 함께 도둑질을 하러 어느 부잣집에 숨어 들어갔다. 곧 이어 아들은 보물이 가득 차 있는 창고의 자물쇠를 따고 들어갔다. 아버지는 아들이 들어간 창고의 문을 잠그고 그 문을 덜컹덜컹 흔들었다. 곤히 잠을 자던 주인이 놀라 일어나서 달려 나왔다. 그리고 도망치는 아버지 도둑을 따라가다가 붙잡을 수 없게 되자 돌아와서 창고를 살펴보았다. 그는 그곳에 자물쇠가 채워져 있는 것을 확인하고는 안심하고 다시 방으로 들어가 잠을 잤다. 그 때 창고 안에 갇혀 있던 아들 도둑이 빠져나올 궁리를 하다가 손톱으로 창고 문짝을 박박 긁으며 "찍찍" 하고 늙은 쥐의 소리를 내었다. 그러자 방에 들어갔던 주인이 속으로 중얼거렸다.

'제기랄, 쥐가 창고에 들어가서 곡식을 다 축내는구나. 가만히 앉아 있을 수 없지.'

그는 초롱불을 들고 와서 자물쇠를 열고 창고 안으로 들어왔다. 그 때 아들 도둑이 문을 밀치고 도망쳐 나왔다. 그러자 주인은 도둑이 들었다고 소리쳤고, 집안 사람들이 모두 몰려 나와서 그의 뒤를 바싹 따라왔다. 도둑은 거의 붙잡힐 지경이 되었다. 그는 그 집 마당 안에 파 놓은 연못 둑을 타고 도망치다가 큰 돌을 하나 집어 물속으로 던지고는 몸을 날려 둑 밑으로 숨었다. 뒤따르던 사람들은 도둑이 물속으로 몸을 던진 줄 알고 모두 연못만 들여다보았다. 이 틈을 타서 도둑은 그 자리를 빠져나올 수 있었다.

그는 집으로 돌아오자 아버지를 원망하며 말했다.

"나는 새나 기는 짐승도 자기 자식을 사랑하고 보호할 줄을 아는데 아버지는

오십삼

어찌하여 자식이 붙잡히도록 일부러 자물쇠를 잠갔습니까?'

아버지가 대견하다는 듯이 그를 보며 대답하였다.

"이제부터는 네가 이 세상에서 도둑으로는 독보적인 존재가 되었다. 사람이 남에게 배울 수 있는 기술은 한정이 있지만 스스로 터득한 것은 그것을 무한히 응용할 수 있기 때문이다. 특히 위급한 처지에 놓였을 때 그 상황을 임기응변으로 모면함으로써 경험이 넓어지고 지혜가 발전하는 것이다. 내가 이번에 너를 위험한 경지에 빠뜨린 것은 너를 곤란한 처지에 빠뜨림으로써 장래에 편안하게 살도록 하기 위한 배려에서 나온 것이다. 곧 앞으로 닥쳐올 위험을 미리 구제하기 위한 계획이었다. 네가 만일 보물 창고에 들어가서 그와 같이 다급한 지경에 처해 보지 않았다면 쥐가 긁는 소리라든지 못에 돌을 던지는 기지를 어찌 터득하였겠느냐? 너는 곤궁한 것을 인연으로 하여 지혜를 얻고 상황에 잘 대처하여 기묘하게 빠져나왔으니 아마 그러한 상황이 또 닥치더라도 다시는 당황하지 않고 잘 처리할 것이다. 그러니 너는 이 세상에서 독보적인 존재가 될 것임이 분명하다."

그 뒤에 아들 도둑은 과연 천하에서 당해내기 어려운 도둑이 되었다.

어쨌든 도둑이라는 것은 남에게 몹쓸 짓을 하는 사람이다. 그런데도 이렇게 그 기술을 스스로 터득한 뒤에 능히 천하에 짝할 사람이 없게 되는데, 하물며 선비가 도덕을 닦아서 공명을 이루는 것이겠는가? 대대로 국록을 먹는 집안의 자손이 인(仁)과 의(義)의 미덕이나 학문의 공과도 없이 몸부터 먼저 영달하게 되면 교만해져서 앞서 간 선열들을 무시하고 그들의 업적을 과소 평가하게 된다. 이것이 바로 도둑의 아들이 제 아버지를 무시하는 것과 같은 이치다. 만일 높은 지위를 사양하고 낮은 지위를 취하며, 잘난 체하는 사람을 멀리하고 솔직한 사람을 좋아하며, 몸을 겸손히 가져 학문에 뜻을 두고 차분한 마음으로 성리(性理)의 학문을 연구하되 세속에 동요되지 않는다면, 가히 사람으로서 모든 것을 갖추어서 공명을 얻을 수 있을 것이다. 그리고 자신의 학문을 응용하는 데 어떤 경우에도 맞지 않는 것이 없을 것이다.

이것이 바로 도둑의 자식이 곤궁한 처지에서 지혜를 터득해 마침내 독보적인 존재가 된 것과 마찬가지다. 그러니 창고에 갇혀서 쫓김을 당하는 곤란을 두려워하지 말고 그것을 이용하여 스스로 체득하는 마음을 가지는 것이 좋다. 소홀하게 생각하지 않기 바란다.

—『사숙재집(私淑齋集)』

꿩은 본래 뽐내기를 좋아하고 싸움을 잘한다. 이들 중 한 마리의 장끼는 여러 마리의 까투리를 거느리고 산등성이나 산자락에서 노닌다. 특히 봄과 여름의 중간쯤에는 번식기여서 까투리의 울음소리가 요란하다. 그러면 수놈인 장끼들이 그 소리를 듣고 날개를 푸드득거리며 까투리 곁으로 날아간다. 이 때 곁에 사람이 있어도 두려워하지 않는다. 이것은 다른 장끼가 그 까투리에게 접근하지 못하게 하여 자기가 먼저 차지하려는 것이다.

이런 때쯤에 사냥꾼은 덫을 나뭇잎으로 덮어 위장을 하고 장끼 한 마리를 잡아 다리를 붙잡아 매어 놓고 자신은 대나무 통을 이용하여 까투리의 울음을 흉내내어 마치 미끼인 장끼가 까투리를 희롱하는 모양을 만든다. 그러면 다른 장끼는 미끼인 장끼 앞에 성난 모습으로 와서 선다. 그 때 사냥꾼은 미리 설치해 놓은 그물로 장끼를 덮어씌워 잡는데 자그마치 하루에 수십 마리씩 잡는다고 한다.

나는 사냥꾼에게 물어보았다.

"꿩들의 욕심이 모두 같은가, 아니면 모두 다른가?"

사냥꾼이 대답하였다.

"그것은 이루 헤아릴 수 없이 다양합니다. 그러나 그 유형을 크게 세 가지로 나누어 말할 수 있습니다. 산비탈이나 낮은 산기슭에는 수천 마리의 꿩이 있는데 나는 매일같이 그곳에 가서 꿩을 잡습니다. 그런데 어떤 놈은 그물을 한 번만 덮어씌우면 잡을 수 있고, 어떤 놈은 두어 번 만에 잡는 수도 있고, 또 어떤 놈은 처음에 못 잡으면 끝내 못 잡는 수도 있습니다."

"아니, 그것은 무슨 까닭인가?"

미끼를 탐내다가 덫에 걸려드는 꿩과 같이 욕망에 눈이 어두워 함부로 날뛰다가 패가망신하는 사람이 되지 말라고 자식에게 훈계하는 글.

오십육

"내가 나뭇잎 사이에 몸을 숨기고 숲 속에 숨어서 대나무 통을 불며 미끼를 살아 있는 것처럼 움직이면 장끼란 놈이 고개를 갸웃거리며 듣다가 목을 길게 뽑아 바라본 뒤에 땅을 박차고 빠르게 날아와 우뚝 서서 전혀 주위를 의심하지 않고 달려옵니다. 이런 놈은 단 한 번의 그물로 덮어씌워 잡을 수 있습니다. 꿩 중에 가장 어리석은 놈으로 화근을 생각지 않는 놈입니다.

그리고 어떤 놈은 내가 대나무 통을 한 번 불고 미끼를 한 번 움직일 때는 마치 아무것도 듣지 못한 양 있다가 두세 번 만에야 겨우 마음이 조금 움직여서 고개를 뽑고 한동안 망설이다가 열 자쯤 날아올라서 공중을 한 바퀴 돌고는 두려운 기색으로 가까이 다가오는데, 가까이 와서도 머뭇거리긴 하지만 결국 단념하지 못하고 욕망에 빠져 미끼에 가까이 다가옵니다. 이런 놈은 내가 첫번째 그물을 덮어씌우면 거의 대부분 그물이 닿기 전에 도망칩니다. 그리하여 한 두어 번쯤 시도한 뒤에야 겨우 잡을 수 있습니다. 이런 놈은 꿩 중에 경계하는 마음이 많아서 화를 면하려고 노력하는 놈입니다.

그 밖에 지팡이 소리만 들려도 놀라서 후다닥 높이 솟아올라 멀리 숲 속으로 미련없이 날아가 버리는 놈이 있습니다. 이런 놈이 가장 잡기 어려운데 나는 이 놈을 굳이 잡아 보려고 날마다 숲 속을 헤메면서 온갖 방법으로 유인해 보지만 그놈이 사람을 꺼리는 것은 늘 마찬가지였습니다. 나는 마른 나뭇등걸처럼 숨을 죽이고 서서 그놈이 가까이 오기를 줄기차게 기다려 보았으나, 그놈은 욕심이 적고 경계하는 마음이 많아서 좀처럼 가까이할 수가 없었습니다. 어쩌다가 그놈이 접근해 오는 틈을 타서 그물을 번개처럼 잽싸게 덮어 보지만 그림자같이 피하여 달아납니다. 그 뒤로 이런 놈은 대나무 통이나 미끼로는 잡을 수 없다는 것을 알았습니다. 그러니 이런 꿩은 가장 영특하여 화를 멀리할 줄 아는 놈입니다."

나는 사냥꾼의 이야기를 들으며 이것이 족히 세상 사람에게 교훈을 준다고 생각하였다. 쓸데없는 친구를 사귀고 여색을 좋아하며 남의 충고를 무시하는 자는 부모도 좋은 친구도 그것을 말릴 수 없으므로 뻔뻔스럽게 나쁜 짓을 일삼다가 결국 죄를 짓고 감옥에 갇히는데, 그러고도 끝내 깨닫지 못하는 자가 있으니 이것이 단 한 번의 그물로 잡히는 꿩과 같은 무리다.

또 처음에는 욕망에 눈이 어두웠다가도 화가 두려워 몸을 도사리기는 하지만 주위의 나쁜 친구들이 서로 꾀고 온갖 방법으로 호기심을 자극하면 결국에는 수치를 무릅쓰고 화근에 말려드는 사람이 있으니, 바로 이런 사람이 두 번쯤 그물을 던져 잡을 수 있는 꿩과 같은 무리다.

그리고 태어날 때부터 성격이 굳세어 스스로 몸을 단속하고 여색을 멀리하며 욕망에 초연한 사람은 나쁜 친구들이 감히 그의 뜻을 움직일 수 없으며, 누가 어떤 방법으로 꾀더라도 자신의 중심을 흐트리지 않으므로 주위에는 좋은 친구만 있을 것이다. 혹시 잘못을 저지르더라도 부끄러워서 다시는 똑같은 과오를 범하지 않을 것이며, 날마다 새로워져 한 시대의 훌륭한 사람이 될 것이다. 이런 사람은 그물 같은 것으로는 끝내 잡을 수 없다는 꿩과 같은 무리다.

나는 조심스럽게 생각해 본다. 좋은 도구와 훌륭한 기술로 많은 꿩을 잡는 것은 마치 나쁜 친구들이 마음 착한 사람들을 유인하여 헤어날 수 없는 곳에 빠뜨리는 것과 같다. 그것은 꿩 중에도 대나무와 미끼를 피할 수 있는 놈이 적은 것처럼 사람도 자신의 비위를 맞추어 주고 아첨하는 말을 따르지 않는 자가 적기 때문이다.

그러하거늘 남의 부모가 되어서 자기 자식이 단 한 번의 그물로 잡을 수 있는 그런 무리가 되기를 원하겠는가? 아니면 평생 동안 잡히지 않는 욕심 없는 꿩과 같아지기를 원하겠는가? 너희는 꼭 그것을 분별할 줄 알고 소홀히 여기지 않기 바란다.

—『사숙재집』

청파에 교량을 설치한 것은 최근의 일이다.

서울에서 수리쯤 서쪽에 냇물이 흐르는데, 모화지(慕華池)의 물이 다른 여러 골짜기의 물과 합류하여 남쪽으로 흘러서 한강에 흘러드는 냇물이다. 장마철이 되면 흙탕물이 매우 거세게 흘러서 사람들이 건너가지 못하고 서쪽 언덕에 모여 어쩌지 못하고 바라보기만 할 뿐이며, 겨울이면 물이 겹겹이 얼어서 그 물을 건너자면 미끄러져서 자빠지고 발이 삐는 사고를 자주 당한다. 그러나 도성 사람이 한강 서남쪽으로 가려면 부득이 이 물을 건너야 하니, 수레 소리와 말발굽 소리가 끊일 사이가 없다. 그뿐 아니라 가을이 되면 곡식의 작황을 보려는 임금님의 수레도 경유하는 곳이다. 그럴 때면 이곳 백성이 돌을 날라다가 임시로 다리를 만드느라고 고생이 많았다.

그리하여 근래 마을 사람들이 여름의 장마에도 떠내려가지 않을 만한 완벽한 다리를 세울 계획을 하고, 동냥중을 앞세워서 이 사실을 도성 사람들에게 홍보하였다. 그러자 돈과 비단을 공사 비용에 써 달라고 기부하는 자가 매우 많았다. 마침내 일정한 직업 없이 떠돌아다니는 부랑자들을 고용하여 공사를 시작하였는데, 그 중에는 품삯을 받지 않고도 기쁜 마음으로 노역에 참가한 자도 많았다. 그들이 산에 가서 돌을 캐어 오고, 그 돌을 깎아서 반원의 교각인 홍교(虹橋)를 만드니 그러한 홍교가 여러 칸 만들어졌다. 그리고 시내의 양쪽

시냇물을 건너는 수고로움을 덜기 위해 인근 마을 주민들이 추렴을 하여 돌로 다리를 놓아 거기에서 생기는 편리함을 적은 글.

성현(成俔) 1439~1504년. 조선 전기의 문신. 본관은 창녕(昌寧). 자는 경숙(磬叔), 호는 용재(慵齋) 또는 허백당(虛白堂). 시호는 문대(文戴). 1462년(세조 8년) 식년문과에, 1466년 발영시(拔英試)에 급제. 박사(博士)로 등용됨. 1468년(예종 즉위) 예문관(藝文館)수찬(修撰)거쳐 형임(任)을 따라 명나라에 다녀와서 기행 시집 『관광록(觀光錄)』을 엮음. 유자광 등과 쌍화점 등 고려 가사를 바로잡았으며 글씨도 잘 썼다. 저서 용재총화(慵齋叢話)는 조선 전기의 정치·사회·제도·문화를 살피는데 중요한 자료가 되고 있다.

언덕에도 돌을 쌓아서 그 기초를 튼튼히 하고 터를 다진 뒤에 돌들을 어긋나게 물려서 서로 빠지지 않게 교량을 놓아 나가니 그 형세는 땅의 중심에 기초를 두어 매우 견고하였다. 그런데 이 다리를 놓는 데 든 비용은 면포(綿布)가 수백 필이고 곡식도 많은 양이 소비되었다.

드디어 많은 사람을 모아 낙성식을 거행하였고, 이제부터는 평지를 다니듯 다리를 건널 수 있게 되었다.

역사적으로 고찰하여 보면 교량의 시초는 상(商)나라 때이고, 그 뒤 주(周)나라 때에 많은 교량이 설치되었다. 그들은 맹자(孟子)의 말대로 매년 11월에 걸어서 건너는 다리를 놓고 12월에는 수레를 타고 건너는 다리를 만들었다. 이 역사는 옛사람들의 정치에서 필수 항목이었다. 그러나 해마다 그것을 개축하여 물을 건너는 데 불편이 없게 하려고 노력하였지만 지금 이 다리는 겨우 10여 일만에 영구하게 허물어지지 않도록 건설하여 사람들이 이용하기 편하게 하였으니 이 또한 나라에 도움을 준 공로가 작지 않으리라.

나 같은 사람은 공무에 매인 것을 핑계로 남이 어렵게 건너는 것을 어쩔 수 없이 바라보면서 정자산(鄭子産)처럼 모두 수레에 태워 건너주지 못함을 안타까워할 뿐이었는데 지금에 와서 사람들이 힘을 모아 교량을 만든 것을 보며 더할 수 없이 기쁘게 생각하며 이 글을 기술한다. 정사년(1497년, 연산 3년) 7월.

—『허백당집(虛白堂集)』

예부터 우리 고향은 사람들이 오래 사는 고장으로 알려져 있다. 가정 계사년 (1533년, 중종 28년, 작자 67세) 가을에 내가 홍문관 부제학의 신분으로 부친의 수연(壽筵)을 베풀기 위하여 내려왔다. 당시 춘부(椿府 : 부친)의 연세는 94세 였다.

옛날 양친이 함께 살아 계실 때에는 잔치를 베풀되 많은 손님을 초대하여 기쁨을 누렸었다. 지금은 아버님께서 혼자 계시는데다가 거동도 불편해 하시므로 이번에는 고향에 사는 노인 중에 아버님과 동년배인 80세 이상 노인만 모셨는데 모두 여덟 분이었다. 나는 향산(香山)의 고사를 생각하여 구로회(九老會) 라고 이름 붙였다. 이분들은 하얗게 센 머리를 흩날리며 옷깃을 맞대고 앉았는데 각기 편한 자세를 한 모습이 참으로 세상에 보기 드문 모임이었다. 술이 반쯤 취하자 생원인 김효로(金孝盧)님께서 술잔을 들고 나에게 치하하기를,

"비록 우리 마을이 크지 않지만 좋은 일은 많이 생긴다네. 자네 같은 높은 관리가 이렇게 수연을 베풀고 이 방에 가득한 노인이 그 술에 함께 취하였으니 다른 고을에서는 있을 수 없는 훌륭한 일이 아닌가?" 하였다.

내가 대답하기를,

"말씀은 그럴 듯합니다만 저에 대한 말씀은 맞지 않습니다."

하니, 생원이 성난 목소리로 말하였다.

"아니, 제학(提學)은 그게 무슨 소

아흔네 살이 된 아버지를 위하여 잔치를 베풀고 그 기쁨을 적은 글. 자식이 오래 사는 아버님을 정성으로 모시는 마음을 엿볼 수 있으며, 작자의 고향에 인재가 많았음을 알 수 있다.

이현보(李賢輔) 1467~1555년. 조선 중기의 문신. 본관은 영천(永川). 자는 비중(棐仲), 호는 농암(聾巖). 시호는 효절(孝節). 1498년(연산군 4년) 식년 문과에 병과로 급제, 교서관의 벼슬과 검열(檢閱)을 거쳐 1504년 정언(正言)으로 있을 때 서연관(書筵官)의 비행을 공박하여 안동으로 귀양 갔다. 1506년 중종반정 후 지평(持平)에 복직, 밀양·안동의 부사, 충주목사를 지냄. 1523년(중종 18년) 성주목사 때 선정(善政)으로 자헌대부, 중추부지사 등을 지냈다. 10장으로 전해지던 어부사(漁父詞)를 5장으로 고쳐 지은 것이 『청구영언』에 전하고, 예안(禮安)의 분강서원(汾江書院)에 배향되었다. 저서에 『농암집(聾巖集)』이 있다.

리인가?"

"지금 제가 옥당(玉堂 : 홍문관)의 장관으로서 역마를 타고 내려오니 다른 고장에서는 사람들이 우러러보며 높은 관원이라고 칭찬하지만 우리 고향으로 말할 것 같으면 과거에 급제하여 벼슬을 한 사람으로 한림(翰林), 주서(注書), 대간(臺諫)과 승지(承旨)가 된 자가 잇달아 왕래하니 저 같은 사람은 별로 대수롭게 여기지 않습니다. 저의 나이 예순일곱 살인데 다른 고장 같으면 늙었다고 하고 또 늙은이 대접을 합니다만 우리 마을에는 기이(期頤 : 백살)의 나이에 있는 이가 이렇게 많으니 저와 같이 반백의 머리를 한 자는 감히 늙었다고도 못합니다. 그래서 제가 이곳에서는 대접을 못 받는다고 한 것입니다."

생원은 내 말을 듣자 크게 웃으며,

"자네의 말이 어떻게 들으면 불평하는 것 같지만 사실인즉 넌지시 자랑하는 것이군."

하였다. 나는 아이들을 시켜 이 이야기를 써서 갈무려 두라고 하였다.

—『농암집』

때는 가정 3년, 갑신년(1525년, 중종 20년, 작자 31세) 8월 초하루, 계사일을 당하여 사제(舍弟) 세붕은 삼가 두어 잔의 술과 조촐한 안주로 하늘을 향하여 통곡하면서 감히 고인이 되신 형 자핵(子翮)의 영전에 아룁니다.

애석합니다! 형님께서는 어찌 그렇게도 갑자기 가셨습니까? 부모가 여기 계시고, 아내와 자녀들, 친척과 친구와 종이 모두 여기에 있는데 어찌하여 형님만 혼자서 그렇게 가셨습니까? 종들은 형님의 인자함을 아쉬워하고 친구들은 형님의 의로움을 그리워하며 친척들은 형님의 인정스러움에 감동하고 있습니다. 자녀들은 그 아버지를, 동생은 그 형을, 아내는 그 지아비를 잃었고, 부모는 그 자식을 잃었으며, 형님도 형님 자신을 잃었습니다. 여러 사람은 이 세상에서 끝이 없는 슬픔을 당하였습니다.

아하, 애석합니다! 형님께서는 이 슬픔을 아십니까? 비록 형님이 알고 있다고 한들 이승에 있는 아우가 어찌 알겠습니까? 아무것도 모르면 어쩔 수 없는 일이지만 만일 알고 계신다면 어찌하여 이 아우의 꿈에라도 나타나시어 무슨 말씀이라도 한 번 하여 주지 않으십니까?

저는 형님보다 네 살이 적습니다. 예닐곱 살 때부터 무던히도 형님 뒤를 따라다녔지요. 그 뒤에 우리 형제는 친구인 김사온(金士昷)네 집에 가서 공부를 하였는데 같은 상에 밥을 먹었고, 말 한 마리에 함께 올라타고 다녔으며, 잠잘 때도 한 이불을 덮

자신이 어릴 때 몹쓸 병으로 두 번씩이나 큰 고생을 하였을 때 형의 헌신적인 보살핌으로 살아났던 일을 회상하고 그 뒤 출세하여 서울에 같이 살면서 있었던 일을 소상히 기술한 글. 형제간의 우애와 형님의 죽음을 애통해 하는 아우의 절절한 마음을 느낄 수 있다.

주세붕(周世鵬) 1495~1524년(연산군 1~명종 9년). 문신. 자는 경유(景遊). 호는 신재(愼齋)·남고(南皐)·무릉도인(武陵道人). 1522년 별시 문과에 을과로 급제. 검열, 부수찬 등을 지내다가 김안로의 배척으로 강원도사로 좌천. 백운동(순흥)에 안향의 사당 회헌당(晦軒堂)을 세우고, 1543년 주자의 백록동서원을 본받아 최초의 서원인 백운동서원(소수서원)을 창설했다. 뒷날 동지중추부사가 되었고, 청백리에 녹선되었다.

었고, 앉아도 자리를 같이 하였습니다.

　형님은 효성과 우애를 타고나 어릴 때부터 아우인 저를 극진히 보살펴주셨습니다. 지동(池洞)에서 2년, 송산(松山)에서 3년을 함께 살았는데 무릉사(武陵寺)와 안국사(安國寺) 같은 절을 찾아다니며 온갖 어려움 속에서도 공부에 전념하였습니다. 그 당시 형님은 저를 지성껏 돌보아 이 아우가 아무 탈이 없게 하여 주셨습니다. 10년 후에 형님은 무과에, 저는 문과에 급제하니 두 사람의 벼슬길은 갈렸고 나아가는 방향도 달랐습니다. 이렇게 서로 떨어지고 헤어졌으나 우리 사이의 우애는 더욱 돈독해졌지요.

　계유년(1513년, 작자 19세) 늦봄에 제가 병석에 누워 심한 열과 고통 속에서 헤어나지 못하고 목숨이 경각에 달렸을 때에 형님께서는 나루[浦]로부터 달려오시어 울면서 병간호를 하여 주셨습니다. 그 때 저는 형님만을 믿고 의지하였으므로 형님의 소리만 들어도 죽을 고비에서 소생하는 듯한 안도감을 느끼곤 하였습니다. 그 당시 제가 변소를 가려고 하면 형님이 업고 가셨고, 제가 밥을 먹으려고 하면 먹여 주셨습니다. 그렇게 백방으로 애를 쓰시어 저를 살려 주었으나 그 뒤에도 저는 오래도록 풍질(風疾)로 고생하였습니다. 만일 그 때 형님의 돌보심이 없었다면 이 아우는 오래전에 이미 죽었을 몸입니다.

　지난 기묘년(1519년, 작자 25세)에는 종기가 심하여 온몸에서 고름이 많이 나니, 그 고름에서 나는 심한 악취 때문에 사람들이 코를 막으며 피하였지만 형님께서는 저를 업고 의원을 찾아다니며 온갖 노력을 다하여 저의 병을 치료하여 주었습니다. 제가 아프다고 하면 직접 침을 놓아 주셨고, 제가 아픔으로 울부짖으면 형님께서 안타까움을 못 이겨 신음하였습니다. 자그마치 가을부터 이듬해 봄까지 제가 병석에 누워 있는 동안 형님께서는 밤잠을 제대로 주무시지 못하였습니다. 그러니 저의 병이 완쾌된 것은 실로 형님 덕택입니다. 부모님께서는 저를 낳아 주셨지만 형님께서는 죽어가는 저를 다시 살려 놓은 것입니다.

마침내 우리는 서울로 올라가서 함께 살았습니다. 몹시도 가난하게 살던 칠저(漆邸)에서 제가 끼니 때에 국을 못 끓이면 형님께서는 반드시 먹을 것을 마련하여 와서 굶주림을 면하게 하였습니다. 우리 형제가 밤늦게 책을 읽다가 먼저 잠자리에 든 저의 다리가 혹시라도 이불 밖으로 나오면 형님께서는 이불을 다시 덮어 주곤 하였습니다.

　경진년(1520년) 9월에는 제가 한강가에 와서 살게 되었고, 다음 해인 임오년 3월에는 칠저에 가서 살았으며, 그 다음 해인 계미년에는 정릉동(貞陵洞)에서 살게 되었는데, 천리 먼 타향에서 이렇게 세 번씩이나 이 아우와 헤어져 살게 되자 형님은 몹시 서운해 하셨습니다. 그래서 저를 만날 때마다 눈시울을 적시곤 하셨으니 형님의 돈독한 우애는 옛사람들과 비교하여 보아도 조금도 손색이 없었습니다.

　금년 4월 13일에 형님께서는 남쪽으로 내려가시게 되었는데 작별차 내섬동(內贍洞) 집에서부터 제가 사는 칠저에 오셨습니다. 저는 형님을 모시고 달밤에 집으로 돌아와 술을 준비하였습니다. 칠저의 이웃 사람들을 불러모아 환송연을 베풀고 장가(長歌)를 지어 형님의 앞날을 빌었습니다.

　아하! 그것이 형님과 영원한 이별이 될 줄이야 누가 알았겠습니까? 이런 일이 일어날 줄 알았다면 아무리 높고 높은 벼슬을 준다고 한들 이 아우가 어찌 하루라도 서울에서 편히 살 수 있었겠습니까? 지난 6월 23일에 형님이 보내 주신 6월 11일자 편지를 받아 읽었습니다. 그런데 이보다 이틀 전인 스무하룻날 , 이미 형님께서 돌아가셨다는 것을 어떻게 알았겠습니까? 7월 초닷새에 허자(許磁)의 종이 고향의 편지를 가지고 왔기에 기쁜 마음으로 그 편지를 뜯어 보았는데 이 무슨 날벼락입니까? "너의 가형(家兄)이 아무 날 죽었다."는 내용이었습니다. 그러나 저는 믿을 수가 없었습니다. 우리 형님 같은 어진 이는 반드시 오래 살 것이라고 믿었기 때문입니다.

아아, 슬프고 애닯습니다! 어질고 착한 것도 믿을 것이 못 되며, 그 지극한 효성도 과연 믿을 것이 못 된다는 말입니까? 누가 우리 형님을 저렇게 죽게 만들었습니까? 제가 불러도 형님은 듣지 못하고, 제가 말하여도 형님은 대답하지 않습니다. 그러니 저는 누구에게 호소하여야 합니까?

형님께서 일찍이 말씀하시기를,

"네가 병이 났을 때에 내가 뜸질을 하였는데 너는 의식을 잃어서 뜨거운 것도 깨닫지 못하더구나."

하시더니, 형님께서 돌아가신 것은 아우의 죄입니다. 이 아우가 오늘에 와서 아무리 뜸질을 해달라고 하고 싶어한들 누구에게 부탁하겠습니까?

형님의 타고난 성품은 순수하고 효성스러워 부모님에 대한 효심이 늘 한결같습니다. 그것은 이 아우를 돌보시던 그 마음으로도 충분히 짐작할 수 있습니다. 저는 형님께서 저 세상에 가셔도 밤마다 부모님을 생각하며 슬퍼하실 것이라고 생각합니다.

애닯습니다, 형님이시여! 사람이 아무리 오래 산다고 하여도 백 년을 넘기지 못하고 기껏해야 육칠십 살을 살지 않습니까? 하기야 인간의 목숨이 길고 짧은 것은 예부터 일정하지는 않았습니다. 형님이 남겨 놓으신 3남 1녀는 부모님의 마음을 위로하는 데 충분합니다. 외로이 과부가 된 형수나 어린 자식들은 부모님께서 족히 거두어 돌보실 것이고 이 아우도 세상에 존재하는 한 마땅히 마음과 힘을 다하여 돌보겠습니다. 그러니 형님께서는 염려하지 마십시오.

형님께서는 혹시라도 이 아우의 말을 듣고 계십니까? 이승과 저승이 아득히 다르니 이승에 사는 이 아우의 슬픔, 진정 창자가 끊어질 듯합니다.

아하, 슬픕니다! 형님이시여, 이 하찮은 정성 흠향하소서.

—『무릉잡고(武陵雜稿)』

경인년(1530년, 작자 36세) 2월에 큰 누님이 가락리(駕洛里) 자택에서 돌아가셨는데 누님 집에는 두 마리의 흰 거위가 있었다. 그 거위는 누님이 돌아가시자 안마당에 들어와서 안방을 들여다보며 마치 슬퍼하기라도 하듯이 애처롭게 울어 댔다. 그 거위가 여러 달 동안을 이렇게 울부짖으니 온 집안 식구들은 더욱 비통해 했다.

나는 그 당시 막객(幕客 : 裨將)으로 먼 곳에 있어서 그냥 소문만 들었다. 다음해 봄에 무릉촌(武陵村)의 집이 완성되어 두 마리 거위를 그리로 옮겨 왔는데 모두 수컷이었다. 나는 그 당시 쓸쓸하고 심심하기도 한 터였는데 마침 그들을 데려다가 벗을 삼은 것이다. 그들의 깃털은 눈같이 깨끗하여 티끌 하나도 묻지 않았다. 그들의 울음은 무엇인가 서로 의사를 주고받는 것 같았으며 모이를 쪼고 마시는 것도 반드시 함께하였다. 그들은 늘 내 주위를 돌면서 나를 매우 따랐다. 나는 정성을 다해 모이를 주고 돌봐 주었는데 그 해 10월 14일 밤에 한 마리가 죽었다.

아침에 일어나서 거위 둥지를 가 보니 살아 있는 거위가 죽은 놈을 날개로 덮고 애처롭게 울고 있었다. 그 울음소리가 온 집안으로 퍼져 가니 보기에도 민망하고 안타까웠다. 얼마쯤 뒤에 마을 소년이 죽은 놈을 가져갔는데 산 거위는 죽은 놈을 찾아 다니기라도 하듯 집 안을 아래위로 돌아다녔다. 그 후 10여 일을 그토록 애처로이 울부짖더니 마침내는 목이 쉬어 소리를 내지 못하였다.

나는 그 거위를 생각하였다. 하찮은 미물인데도 주인에게 그렇게 충성스럽고 벗에게도 저렇게 의로우니 이 얼마나 기이한가? 내가 보기에 이 세상에는 자신의 이익을 위하여 친구를 파는 사람도

주인이 죽었을 때 매우 슬퍼하던 거위가 친구를 잃었을 때 역시 애타게 울부짖는 것을 보며, 비록 짐승이지만 되지 못한 사람보다 훨씬 의롭다는 것을 발견하였다는 글.

많은데 나라에 충성하는 사람은 과연 몇이나 되는가? 아하! 이 세상에 있는 모든 물건 중에 사람이 가장 귀중한 존재인데 미천한 저 짐승은 군자에게나 있음직한 지조를 가졌고 가장 신령스럽다는 인간이 도리어 저 미천한 것만도 못하단 말인가? 그러니 사람의 옷을 입고 행동은 말이나 소같이 하는 자를 사람이라고 해야 할까? 짐승의 가죽을 썼지만 아름다운 마음씨를 가진 것을 그냥 짐승이라고 천하게 여겨야 할까?

거위야! 거위야! 나는 너를 매우 공경한다. 사람이 되어 나쁜 마음을 가진 자를 너와 같이 독실한 마음으로 돌리고자 하나 그럴 수가 없구나. 그러니 어떻게 하면 좋겠느냐?

이런 까닭으로 여기에 의로운 거위의 일을 기록하여 둔다.

—『무릉잡고』

황은 삼가 올립니다. 얼마 전에 이조(吏曹)에서 집사를 숨은 인재로 추천하였을 때, 성상께서는 특명을 내려 6품 관직으로 임명하여 부르셨으니, 예부터 우리 나라에서는 드문 일이었습니다.

황은 개인적으로 생각하기를 백성이 되어 고의로 벼슬하지 않는 것도 의리가 아닌데 군신(君臣)의 관계를 어찌 피할 수가 있겠습니까? 그러나 선비가 되어 혹시 등용되기를 꺼리는 경우가 있으니, 그것은 과거를 치르게 되면 사람을 수치스럽게 만들고 다른 방법으로 벼슬길에 나아가는 것은 한평생 낮은 지위에서 정체되는 폐단이 있기 때문입니다. 그러므로 깨끗하게 살아가려는 자는 부득불 자신의 종적을 감추고 경솔히 벼슬길에 나아가지 않습니다. 그런데 지금은 그렇지 않아서 산림(山林)에 은거하는 사람을 추천할 때 사람을 수치스럽게 만드는 과거도 치르지 않고, 게다가 단번에 6품관의 높은 지위로 임명하여 부르니 다른 방법으로 진출한 오명도 없습니다.

이런 방법으로 벼슬길에 나온 사람에는 성수침*이 있는데 그는 이미 토산(兎山) 현감에 부임하였고, 이회안*은 고령

임금의 부름에 응하지 않은 남명에게 벼슬길에 나와서 보람 있는 일을 하도록 권유하고 비록 만나 본 일은 없지만 정신적인 교제를 나누자고 청한 글.

이황(李滉) 1501~1570년(연산군 7~선조 3년) 학자, 문신. 자는 경호(景浩), 호는 퇴계(退溪)·퇴도(退陶)·청량산인(淸涼山人). 예안 출신. 12세 때 숙부인 이우에게 글을 배워 1523년(중종 18년) 성균관에 입학. 1528년 진사가 되고 1534년 식년 문과에 을과로 급제. 1539년 수찬으로 지제교, 검토관 겸직. 1542년 검상이 되고 충청도 암행어사 역임. 그 다음해 대사성이 되었다가 1545년 을사사화가 일어나 이기에 의하여 삭직. 1568년(선조 1년) 우찬성을 거쳐 양관대제학을 지내고 1569년 은퇴하였다.

조식(曺植) 1501~1572년(연산군 7~선조 5년) 자는 건중(楗仲), 호는 남명(南冥). 당시 대학자로 추앙. 지리산에 은거하며 성리학을 연구했으며, 선조 때 대사간에, 광해군 때 영의정으로 추증되었다.

성수침(成守琛) 1493~1564년(성종 24~명종 19년) 자는 중옥(仲玉), 호는 청송(聽松). 성혼의 아버지이며 조광조의 문인. 기묘사화 때 벼슬을 버리고 두문불출. 명종 때 내자사주부(內資寺主簿), 예산, 토산, 적성 등의 현감에 임명되었으나 곧 사임했다.

이회안(李希顔) 1504~1559년(연산군 10~명종 14년) 자는 우옹(愚翁), 호는 황강(黃江).

현감으로 부임하였으니, 두 사람 모두 옛날에 벼슬을 사양하고 은거하여 평생 벼슬하지 않을 결심을 했던 사람들입니다. 그런데 지금은 모두 벼슬길에 나왔으니 어찌 마음이 변하여 그렇겠습니까? 그들은 반드시 위로는 성조(聖朝)의 미덕을 성취시키고 아래로는 자신이 쌓은 지혜를 펼 수 있기 때문이라고 생각할 것입니다.

그런데 집사께서는 지금 전생부 주부(典牲府主簿)의 임명을 받았으니, 사람들 모두 집사께서도 앞서의 두 분과 같이 반드시 나와서 벼슬길에 봉사할 것이라고 생각하였습니다. 그런데 집사께서는 끝까지 나오지 않았으니 이는 무엇 때문입니까? 산림 속에 깊이 숨어 사는데도 그 존재를 알고 추천하였으니 사람들이 몰라주어서 그렇다고 할 수도 없는 일이고, 또 위에 계신 어질고 훌륭하신 임금께서 참다운 인재를 목마르게 구하시니 시대가 알맞지 않다는 논리도 맞지 않을 듯합니다.

집사께서는 문을 닫고 가만히 들어앉아서 오랜 세월 동안 몸을 닦고 뜻을 기르면, 거기에서 얻는 것이 크고 쌓이는 것도 두터울 것입니다. 그리하여 그것을 세상에 나와 이용한다면 어딜 가나 이로움을 주지 않음이 없을 것입니다. 그런데 어찌 저 칠조개*와 같이 벼슬을 원하지 않는단 말입니까? 이것이 나, 황이 집사의 행위에 명쾌한 답을 얻지 못하는 까닭입니다. 그렇다고 황이 집사를 깊이 의심할 수야 있겠습니까? 집사의 처지에서도 반드시 할 말이 있을 것입니다.

저는 본래 영남에서 나서 자라고 예안(禮安)에 집이 있으므로 남쪽 지방을 왕래하는 도중에 역시 집사께서 일찍이 삼가현(三嘉縣)이나 혹은 김해(金海)에 거처하신다는 소식을 익히 들어 알았습니다. 이 두 곳은 모두 제가 늘 지나가던 곳이었지만 영특하신 집사의 얼굴을 한 번도 찾아뵙지 못하였으니, 이는 모두 황이 뜻을 닦지 못한 까닭이

칠조개(漆雕開) 춘추 시대 노나라 사람으로 벼슬에 나가기를 원하지 않았던 공자의 제자. 자는 자개(子開)·자약(子若).

요, 덕 있는 이를 찾아보기를 꺼린 죄입니다. 이렇게 과거를 돌이켜 생각해 보면 너무 부끄러워서 할 말이 없습니다.

황은 자질이 모자라고 또한 스승이나 친구의 인도도 받지 못하였으나, 어릴 때부터 그저 옛것을 사모하는 마음만은 가지고 있었습니다. 그러나 몸에 병이 많아서 친구들이 혹 권하기를 자연 속에 숨어 살며 유유자적하라고 하였습니다. 이는 나 자신의 질병을 요양하는 데도 알맞을 듯하였습니다. 그런데도 집은 가난하고 또 늙으신 부모님을 봉양해야 하므로 어쩔 수 없이 과거를 보아 국록을 타 먹게 되었습니다. 하지만 그 당시에는 사실 견식(見識)이 부족하여 그저 다른 사람이 시키는 대로 따라 하였을 뿐이고, 몸은 늘 허망한 곳에 버려 두게 되었습니다.

결국 나의 이름은 추천하는 공문서에 오르내리게 되고, 나의 몸은 복잡한 현실 속에서 바쁘다 보니 한가로울 겨를도 없었습니다. 그러니 다른 것을 돌볼 겨를이 있겠습니까? 그러는 동안 몸속에 숨어 있던 질병은 점점 깊어졌고 또 스스로 생각하기에도 세상에 보탬이 될 만한 계획도 없음을 알았습니다. 비로소 그동안 지나온 자취를 돌이켜 생각해 보고 옛 성현의 글을 더욱 열심히 읽어 보니, 지난날 나의 학문과 취미와 처신과 행사가 온통 옛사람들의 가르침에 어긋나는 것들뿐이었습니다.

마침내 나는 부끄러운 소행을 깨닫고 그동안 가던 길을 바꾸어 만년에 할 일을 찾으려고 하나, 뜻과 생각이 모두 쇠퇴해지고 정신도 무디어졌으며, 거기에다 질병이 몸을 얽어서 힘을 쓸 수가 없습니다. 이와 같이 자신의 뜻을 이룰 수 없다면 마땅히 벼슬을 버리고 성인들의 경전을 가지고 고향 산천에 돌아가서 평소에 하고 싶었던 일이나 하고 싶었습니다. 그러면 하늘의 영험에 힘입어 조금이나마 소득을 얻어 한평생을 헛되이 보내지 않을지도 모르기 때문입니다. 이것이 지난 10년 동안 황의 원하던 바입니다.

그런데 성은을 입어 헛된 명예가 가까이 오니 지난 계묘년(작가 43세)에서 임자년(작가 52세)까지 무릇 세 번 벼슬을 버리고 고향에 물러갔다가 세 번이나 부름을 받고 다시 돌아왔습니다. 하지만 병으로 찌든 몸에다가 전력을 다할 수 없는 공부를 가지고 어떤 성취를 바라는 것이 역시 어렵지 않겠습니까? 이리하여 혹 세상에 나오기도 하고 고향에 묻혀 살기도 하며, 때로는 멀리하였다가 때로는 가까이하기도 하면서 스스로 나의 학문이 이르는 곳을 따라 보았으나 다른 사람과 조금도 다를 바가 없었습니다. 그런 까닭에 스스로 더욱 유쾌하지 못하여 피곤한 몸을 이끌고 도성 가운데 누워 있지만 세월은 더욱 빨리 흐르고 고향으로 돌아가고 싶은 마음은 더욱 간절하여, 그 소원은 마치 물이 아래쪽을 향하여 도도히 흐르고 싶어하는 것과 같습니다. 드디어 멀리서나마 집사의 고매한 기상을 듣고, 흠모하는 감정이 나태해진 마음을 일깨워 줌을 금할 수 없습니다.

영리(營利)를 추구하는 것은 세상 사람이 모두 같은데, 그것을 얻으면 즐겁고 얻지 못하면 한스러운 법입니다. 그런데 알지 못하겠습니다. 집사께서는 산림에 묻혀 살면서 무엇을 확고하게 세워 놓았기에 영리의 길을 잊을 수 있단 말입니까? 아마 무엇인가 할 일이 있어서일 것입니다. 무엇인가 소득이 있어서일 것입니다. 무엇인가 간직할 것이 있어서 그것을 편히 여기기 때문일 것입니다. 무엇인가 가슴 속에 즐거움을 간직할 만한 것이 있는데 사람들이 알지 못하기 때문일 것입니다.

그러하거늘 황은 이 영리의 세계에 뜻을 빼앗겨 애석하게도 돌아갈 줄을 모르는 자입니다. 어찌 집사의 한마디 충고를 목마르게 기다리지 않겠습니까? 천리 먼 곳에서 정신적으로 교제하는 것은 옛사람들도 숭상하는 바입니다. 하필 수레를 타고 가서 만난 뒤에라야만 친구가 되겠습니까? 저 벼슬길에 나가는 데 경솔하여 말로에 가서 낭패를 보는 자는 비루한 자의 소행이고, 한 번 나오는

데 신중하여 평소에 가졌던 절개를 온전히 가진 자는 훌륭한 자의 넓은 식견입니다. 이 두 사람의 거리가 백 리나 천 리만 되겠습니까?

바라건대 집사께서 지난 과실을 묻지 않고 만년에 간절한 소원을 애처롭게 생각하여 배척하고 외면하지 않으신다면, 비루한 이 사람은 큰 다행으로 생각하겠습니다. 황은 올립니다.

1553년(계축년, 명종 8년, 작자 53세)

—『퇴계집(退溪集)』

이상 열거한 도산 12곡은 도산 노인(陶山老人)이 지은 작품이다. 도산 노인은 왜 이 작품을 썼을까? 우리 나라의 가곡은 대체로 음란하여 들을 만한 것이 없다. 저 「한림별곡(翰林別曲)」 같은 것은 문장가들이 부르는데도 교만방탕하고 남녀 관계를 너무 노골적으로 묘사하여 점잖은 사람이 숭상할 만한 것이 못된다. 다만 근세에 이별*이 지은 6가(六歌)가 있어서 널리 전해지기는 하지만 세상 사람들은 「한림별곡」을 6가보다 더 좋아한다. 그러나 6가에도 세상을 경솔하게 보고 공손하지 못한 부분이 숨어 있으며 내용이 온화하거나 풍부하지는 않으니 나는 이를 애석하게 여긴다. 도산 노인은 본래 노래의 운율을 이해하지는 못하지만 속된 음악이 듣기 싫은 것만은 안다. 그래서 병을 요양하기 위해 한가로이 살아갈 때의 감정이나 본성에 감동을 주는 것이 있으면 늘 한시로 표현하곤 했다. 그러나 근래에 우리가 말하는 시는 옛날의 시와 달라서 읊을 수는 있지만 노래로 부를 수는 없다. 만일 그것을 노래에 알맞게 하려면 반드시 우리가 쓰는 말로 엮어야 한다. 이는 우리말의 음절이 그렇게 하지 않으면 안 되기 때문이다. 그래서 일찍이 이씨의 6가를 본받아 한 편에 6곡씩 「도산육곡(陶山六曲)」 2편을 지었다. 그 중 한 편은 '언지(言志)' 라고 하여 뜻한 바를 표현하였고, 다른 한 편은 '언학(言學)' 이라 하여 학문에 대한 내용을 표현하였다. 어린이들에게 아침저녁으로 익혀 노래하게 하고, 도산 노인은 책상에 의지하여 감상하며, 때로는 아이들에게 노래하며 춤도 추게 한다면 그 결과 마음속에 있던 비루하고 인색

도산 선생이 65세 때 쓴 글. 작자는 자신을 도산 노인이라고 지칭하면서 평소에 즐겨 부르던 자신의 창작시, 12곡을 두 쪽으로 갈라 앞의 6곡을 시(詩)라는 뜻의 언지, 뒤의 6곡을 학문을 권장하는 뜻의 언학으로 분류하여 편집했다고 밝혔다.

발(跋) 작품이나 책의 끄트머리에 그 작품을 만든 동기와 과정 그리고 문제점을 소감과 함께 적어 놓은 일종의 기술문. 첫머리에 쓰면 서문이 됨.

이별(李鼈) 조선 세조 때 사람. 호는 장육당(藏六堂). 박팽년의 외손이라는 이유로 한평생 벼슬을 하지 못함. 시명(詩名)이 알려짐.

한 생각이 거의 씻겨 버리고, 느낌이나 생각이 탁 트이는 것 같기도 할 것이다. 그리하여 노래하는 자나 듣는 자가 모두 교감하여 유익하지 않을 수 없을 듯하다.

그러나 스스로 돌이켜 보니 그동안 지나온 자취가 계획과 어긋난 것이 많아서, 혹시라도 이런 노래 때문에 공연한 말썽이나 없을지 모르겠다. 그뿐 아니라 과연 이 노래의 음절과 운율이 잘 조화를 이루었는지도 확신할 수가 없다. 우선 한 벌을 써서 문갑 속에 감추어 두고, 때로 한 번씩 꺼내어 읽어 보며 스스로 반성하기도 하고, 또 한편으로는 뒷날 이 작품을 볼 사람이 버리든지 아니면 더 먼 후세로 전해 주든지 할 기회를 기다려 보기로 한다.

가정 44년, 을축년(1565년, 작자 65세) 3월 16일. 도산 노인 씀.

—『퇴계집』

관왕 묘의 유래 · 유성룡

나는 수년 전에 북경을 다녀온 일이 있다. 그 때 요동에서 북경까지 수천 리를 가는 동안 이름난 성(城)이나 큰 고을 등 민가가 밀집한 곳이면 어디고 묘우(廟宇 : 사당)가 세워져 있었다. 그것은 한(漢)나라 장수 수정후 관공(壽亭侯關公)을 제사하는 사당이었다. 그뿐 아니라 민가에서도 사사로이 관공의 화상을 벽에 걸어 놓고 그 앞에 향불을 피우며, 음식을 먹을 때에는 반드시 거기에 제를 올리고, 또 일이 생기면 거기에 기도를 드린다고 하였다. 고을의 관원이 새로 부임하여 왔을 때에 반드시 재계하고 난 뒤에 이 사당에 찾아와 엄숙한 마음으로 배알한다고 하였다.

나는 이상스러워 그 지방 사람들에게만 이런 풍속이 있는지 물어보니 중국 어디를 가나 관공을 모시는 사당이 있다고 대답하였다.

그 뒤 만력 임진년(1592년) 우리 나라가 왜적의 침략을 받아 전 국토가 왜적의 말발굽에 짓밟혔을 때, 중국에서 구원군을 보내 주었으나 구원군이 남하한 지 6~7년이 지나도 왜적을 몰아내지 못하였다.

정유년(1597년) 겨울에 중국 장수가 모든 병력을 모아 울산에 있는 적의 진지를 공격하였으나 실패하고 다음해 정월 초나흘에 군대를 후퇴시켰다. 그 당시 유격장군(遊擊將軍) 진인(陳寅)이 전쟁 중에 적의 탄환을 맞아 서울로 후송되어 치료를 받았는데 그가 요양

지금 서울 동대문 밖에 있던 것으로 추정되는 관왕 묘는 관우의 사당으로, 옛날에는 우리 나라에도 전국적으로 많이 있었다. 이 사당의 시초는 임진왜란 당시 중국 장수 진인이 남대문 밖에 세운 것이다. 중국에서는 최근까지도 관왕신을 토속신처럼 모셨는데 우리 나라에서는 이 때부터 세우기 시작했음을 이 글을 통해 알 수 있다.

유성룡(柳成龍) 1542~1607년(중종 37~선조 40년). 자는 이현(而見), 호는 서애(西厓). 퇴계의 문인. 1566년 별시 문과에 병과 급제. 1579년(선조 12년) 직제학, 동부승지, 다음해 부제학, 1582년 대사간, 대사헌, 도승지 등 역임. 다음해 경상도 관찰사 부임. 1588년 병조·예조·이조판서 역임. 1590년 우의정 승진. 광국공신 삼등으로 풍원 부원군에 봉해졌다. 이듬해 좌의정으로 이조판서 겸임. 세자 책봉문제로 서인인 정철의 처벌을 논의할 때에 온건파인 남인으로서 강경파인 북인의 이산해와 대립했다.

을 하던 곳이 바로 숭례문(崇禮文 : 남대문) 밖의 산기슭이었다. 그는 근처에 사당을 세우고 신상(神像)을 모셨으니, 바로 관왕(關王)의 신상이다.

그 때 중국 진영에서는 양경리(楊經理) 이하 많은 장수가 은돈〔銀兩〕을 내었고 우리 나라에서도 은돈을 내어 비용에 보태었다. 묘우가 이루어지자 주상께서도 행차를 하셨는데 나도 그 당시에 비변사의 각료 중 한 사람으로서 어가를 따라가 묘정(廟庭)에 참배하였다.

당시 관공의 신상은 흙을 구워 만든 것이었는데, 얼굴은 진한 대춧빛이고, 봉황의 눈처럼 눈꼬리가 찢어졌으며, 턱수염은 아랫배까지 늘어져 있었다. 좌우에 두 사람의 소상(塑像)이 또 있었으니, 이들이 곧 관평(關平)과 주창(朱倉)이다. 큰 칼을 차고 시립하여 있는 형상이 마치 살아 있는 사람 같았다.

이 때부터 여러 장수가 출정할 때마다 모두 이곳에 들러 참배하면서 정중히 소원을 빌기를,

"동국(東國 : 조선)을 위해 거룩하신 신께서는 적을 물리치도록 도우소서." 하였다. 그 해 5월 13일에 묘정에서 큰 제사를 지냈는데 이 날이 관왕의 생일이었다. 이 날 만일 천둥이 치고 바람 부는 이변이 있으면 관왕 신이 왕림한다고 하였는데 이 날 날씨가 청명하여 이러한 이변이 일어나리라고는 누구도 예측하지 못했다. 그런데 오후가 되자 갑자기 검은 구름이 사방에서 일어나더니 거센 바람이 서북쪽에서 불어오고 천둥을 동반한 소나기가 쏟아졌다. 한참 뒤에 소나기가 그치자 중국 장수들은 기뻐서 이르기를, "관왕신께서 내려오셨습니다." 하였다.

그런 일이 있은 지 얼마쯤 뒤에 또 영남의 안동과 성주 두 고을에 관왕 묘를 건립하였는데 안동에서는 돌을 깎아 만들고 성주에서는 토상(土像)을 만들었다. 그런데 성주의 신상에 영험이 더욱 많았다고들 하였다.

얼마 되지 않아 왜놈의 추장인 관백(關白) 평수길(平秀吉)이 죽고, 우리 나라

여러 곳에 진지를 구축하고 있던 왜군이 모두 철수하여 돌아가자, 이것도 관왕의 도움 때문이라고들 생각하였다. 우연한 일치고는 참으로 기이한 일이다.

옛날 부견(符堅)이 진(晉)나라에 침입하였을 때에 사안(謝安)이 깃발을 세우고 북을 두드리며 장자문*의 묘에 기도하였는데 사현(謝玄)이 거느린 8만 명의 군대가 강한 진(秦)나라 군대 60만 명을 팔공산에서 무찔렀으니 당시 사람들이 모두 이를 신의 도움이라고 하였다. 관왕의 그 영특한 기운으로 정의를 도와 적을 토벌하려는 뜻은 만고에 한결같을 터이니, 어찌 신의 감응이 아니라고 이르겠는가? 참으로 위대한 일이다.

서울의 관왕 묘 앞에는 긴 대나무 두 개를 세우고 거기에 기를 두 개 달았는데, 그 하나에는 '협천대제(協天大帝)'라고 썼고, 또 나머지 하나에는 '위진화이(威振華夷)'라고 썼다. 그 글씨는 서까래만큼 컸다. 깃발은 항상 바람을 따라 공중에서 펄럭펄럭 휘날려 먼 곳에서도 모두 볼 수 있었는데 그에게 준 제호(帝號)는 모두 중국에서 추숭(追崇)하여 붙인 것이었다. 중국 사람들이 그를 얼마나 존경하는가를 알 만하다.

—『서애집(西厓集)』

장자문(蔣子文): 동한 사람. 임릉위(林陵尉)로 있다가 도적을 추격하여 종산(鐘山)까지 갔다가 머리를 다쳐 죽었다. 그는 평소에 자신의 골(骨)상이 귀하게 생겼으므로 죽으면 반드시 귀신이 될 것이라고 하였다. 그 뒤 동오의 손권(孫權)이 건업에 도읍을 정하였는데 장자문이 백마를 타고 백우선을 들고 길에 나타나서 내가 이 땅의 토지신이 되었다고 하였다. 그리하여 손권이 그를 도중후(都中候)로 봉하고 종산을 장산이라고 개명하여 그 영험함을 표시하였다.

삼가 아룁니다.

신이 지난 5월 초이렛날에 바다에 내려와서 본도(전라) 우수사 이억기(李億祺)와 경상 우수사 원균(元均) 등의 주사(舟師 : 수군)와 함께 거제(巨濟) 지구 흉도(胸島)의 바다에서 결진(結陣)하고 중국 군대가 남하하기를 기다렸습니다.

육군이 창원과 웅천(熊川)의 적을 공격하여 거기에 거점을 둔 적을 바다로 몰아넣으면 수륙(水陸) 양면에서 협공하여 먼저 그들의 요새를 제거한 뒤에 부산(釜山)으로 내려가서 후퇴하는 적군을 소탕하자는 약속을 거듭한 지가 석 달이 지났습니다. 그런데 지난 6월 15일 창원의 왜적이 함안으로 옮겨 와 아군을 공격하고 16일 무려 800여 적선이 부산과 김해에서 옮겨 와 웅천, 제포(薺浦), 안골포(安骨浦) 등지에 정박하였습니다. 그 밖에 왕래하는 선박은 그 수를 헤아릴 수가 없을 정도입니다. 그들은 수륙으로 나아가 서쪽으로 서울을 침범할 계획을 세우고 있습니다. 이억기, 원균 등과 함께 백방으로 계획을 짜 적이 통과하는 요충지인 견내량(見乃梁), 한산도(閑山島) 바다 가운데 수로를 차단하는 진지를 구축하였습니다.

6월 23일 밤에 웅천과 제포에 나누어 정박한 적선이 거제의 지역인 영등포(永登浦), 송진포(松津浦), 하청(河淸), 가이(加耳) 등으로 바다를 덮을 듯 많은 배를 몰고 왔습니다. 그런데 동쪽 부산에서 서쪽인 거제까지 구원하기 위한 적군의 배가 연락부절이

이순신 장군을 비롯하여 우리 수군은 중국 군대와 힘을 합해 남해 바다에서 적군을 무찌르자고 약속하고 거제 앞바다에서 결진한 뒤 중국 군대를 기다렸다. 그런데 그들이 약속을 지키지 않았을 뿐아니라 가끔씩 탐정을 보내어 적의 동정만 살피고 돌아갔음을 알 수 있다.

이순신(李舜臣) 1545~1598년(인종 1~선조 31년). 자는 여해(汝諧). 시호는 충무(忠武). 1576년(선조 9년)에 식년 무과에 병과로 급제. 1591년 유성룡의 천거로 전라좌도 수군절도사 승진. 이어 사천에서 거북선으로 적선분쇄. 7월 한산도 대첩에서 적선 70여 척을 무찔러 정헌대부 승진. 한산도로 본영을 옮겨 최초로 삼도 수군통제사가 되었다. 노량해전에서 전투를 승리로 이끌고 적의 유탄에 맞아 전사. 1604년 선무공신 일등이 되고 후에 영의정에 추증되었다.

칠십구

었습니다. 매우 통분하고 통분합니다.

지난 6월 26일 선봉 적선 10여 척이 견내량으로 곧장 나오다가 신들의 복병선에 쫓기어 달아나서는 다시 돌아오지 않았는데 이는 필시 우리 군대를 유인하여 포위하려는 계획이라고 생각하여 요로를 굳게 지키고 적이 오기만을 기다렸습니다. 그리하여 적의 선봉을 먼저 무너뜨리면 적의 수가 비록 백만 명이라도 사기를 잃고 겁을 먹어서 도망치기에 바쁠 것입니다. 또한 한산 앞바다는 지난해 왜적이 섬멸당한 지역으로 이곳에 둔병(屯兵)을 하여 그들의 동정을 살피고 힘을 합쳐 공격할 것을 서약하였습니다.

중국 장수 유 부총사(劉副摠使)는 당보아*로 왕경(王景)과 이요(李堯) 등을 보내었는데 지난 6월에 선산(先山)에서 두 번째 우리 진중에 도착하여 수군의 수를 알고 갔습니다. 그 뒤로는 의령(宜寧)과 진주(晉州) 등지에서 길이 막혀 이곳까지 도착하지 못하였습니다.

—『이충무공전서(李忠武公全書)』

당보아(塘報兒) 적의 동정을 알리는 사람: 척후(斥候)군사로 당보기(塘報旗)를 가지고 높은 곳에 올라가서 적의 동정을 살피다가 적의 형세가 느리면 기를 세우고, 형세가 급하면 기를 급히 흔들고, 적의 수가 많고 급하면 돌려가며 흔들고 일이 없으면 원을 세번 그렸음. 밤에는 기 대신 등불로 알렸다.

어떤 것이라도 좋아하는 것에 지나치게 집착하면, 그것을 일러 '벽(癖)' 이라고 한다. 이러한 벽은 군자로서는 가질 것이 못 되지만 때로는 없을 수도 없다. 예를 들면 말을 좋아하던 송(宋)나라 왕제(王濟), 돈을 좋아하던 진(晉)나라 화교(和嶠), 땅을 좋아하던 당(唐)나라 이증(李璿) 같은 이가 있는데, 이 무리는 비루하여 족히 말할 것이 못 된다. 그러나 혹은 남의 전기(傳記)를 즐겨서 여러 사실을 부지런히 모아 책을 내는 이도 있고, 선비들의 작품을 사랑하여 그들의 문장을 모아 읽고 읊기를 좋아하는 이도 있으며, 서화(書畵)를 많이 수집하여 갈무려 두는 이도 있다. 이러한 것은 훌륭한 취미인데 '벽' 이라고 하여 하찮게 생각할 수가 있겠는가?

창강 조희온(趙希溫)공은 서울에 살면서 속되지 않고 고상한 곳에 뜻을 두어 그 마음이 깨끗하기가 얼음이나 눈과 같다. 특히 서예에서 오묘한 경지에 이르렀으며 우리 나라의 서예를 많이 모아 그것을 네 권으로 나누어 책을 만들었는데, 그 책이 『금석청완(金石淸玩)』이다.

이 책에는 고금의 명인이 쓴 시나 산속의 바위에 새긴 글씨, 무덤에 새긴 글씨 등을 막론하고 모두 실었는데, 그 중에는 글자 획이 떨어져 나가고 겨우 남은 두어 개의 글자라도 모사하여 갈무려 두었던 것이다. 또 누가 그 글씨를 썼는지 모르더라도 모

창강공이 『금석청완』 이라는 서화집 4 권을 만든 다음 그 글의 서문을 써달라고 하여 이경석이 구금되었던 백마성에서 돌아올 무렵에 쓴 글.

이경석(李景奭) 1595~1671년(선조 28~현종 12년) 자는 상보(尙輔), 호는 백헌(白軒), 김장생의 문인. 1623년(인조 1년) 알성 문과 을과에 급제. 1626년 문과 중시에 1등. 1636년 병자호란 때 부제학으로 삼전도 비문을 지었다. 대제학, 이조판서, 영의정 역임. 1642년 김상용과 함께 척화신으로 분류되어 심양에서 1년간 구금되었다. 1645년 우의정으로 사은사가 되어 청나라에 다녀왔다. 효종의 북벌 계획이 김자점의 밀고로 청나라에 알려지자 자신의 그문책을 받기로 하고 청나라에 의해 백마성에 감금당했다가 1651년 석방되었으나 압록에 의해 등용되지 못했다. 현종 즉위 후 남인으로 영돈령부사가 되어 기로소에 들어 갔다. 1659년 몰려 송시열 등에게 여러 번 탄핵받았으나 유임되었다.

두 모아 책으로 엮었다.

조희온공은 반드시 그 마음과 뜻을 헛되이 쓴 것이 아니고 "마음이 발라야 글씨가 바르다."는 말을 실제 체험으로 보인 사람이다. 그가 모은 글씨도 그가 터득한 이치의 일단에서 나온 것이 아니겠는가? 군자가 되어 마음에만 두고 발표하지 않으면 다른 사람이 어찌 그 마음을 알 것인가?

생각하여 보면 나는 원래 졸렬한 사람으로서 물질에 대하여서는 좋아하는 것이 별로 없고 다만 물과 돌 같은 자연을 매우 좋아한다. 그러니 올해 봄날이 무르익으면 조희온공과 그 밖에 두서너 친구를 데리고 산수 자연 속에서 의관을 벗어 버리고 온종일 『금석청완』을 마음껏 보다가 바람이 소나무숲 그늘에 불어오거든 그 글들을 읊으며 돌아올 수 있을지 모르겠다.

조희온공이 나에게 좋은 종이를 보내어 그 책의 서문을 지어 달라고 부탁하므로 이와 같이 써서 돌려준다.

—『백헌집(白軒集)』

얼음산은 문소군(聞韶郡, 현재 의성군)의 남쪽 사십칠 마장 지점에 있다. 산에는 돌이 많이 쌓여 있는데 그 돌 무더기를 보면 마치 물받이처럼 생긴 곳, 술동이처럼 생긴 곳, 부엌 아궁이같이 생긴 곳, 사람이 사는 방처럼 생긴 곳 등 그 모양이 형형색색이라서 이루 다 말로 표현할 수 없을 정도이다.

　여러 모양의 돌 무더기에, 겨울이 지나고 봄이 왔음을 뜻하는 입춘(立春 : 양력 2월 5일경)이 지나면 찬 기운이 생기기 시작하여 입하(立夏 : 양력 5월 6일경)가 되면 얼음이 얼기 시작한다. 이 얼음은 가장 더운 하지(夏至 : 양력 6월 21일경)쯤에 와서 가장 단단하게 얼고 차가운 냉기도 극에 달한다. 여름 햇살이 불덩이처럼 뜨겁고 더위가 기승을 부릴수록 얼음은 더욱 단단해진다. 이곳에는 나무와 풀도 살지 못한다. 입추(立秋 : 양력 8월 7일경)가 지나면 얼음이 녹기 시작하고 입동(立冬 : 양력 11월 8일경)이 지나면 찬 기운이 가시기 시작해서 동지(冬至 : 양력 12월 22일경)가 되면 돌 무더기의 모든 틈에서 얼음이 완전히 자취를 감춘다.

　이와 같이 특이한 자연 현상 때문에 그 산을 '얼음산〔氷山〕'이라고 부르고, 그 개울물을 '얼음개울〔氷溪〕'이라고 한다.

　일찍이 들으니 천지의 변화는 봄을 시작으로 여름에 따뜻한 기운이 만물을 자라게 하고 찬 기운은 땅속에 숨겨 두었다가 가을을

얼음골은 옛날부터 있어 온 곳으로 신비스러운 자연 현상임은 말할 것이 없겠으나 이 글의 말미에 주흘산 밑에 있다고 하는 조석천은 다른 문헌에도 여러 군데 언급이 있지만 실제로는 어디인지 모르겠다.

허목(許穆) 1595~1682년. 조선 중기의 학자, 문신. 본관은 양천. 자는 문보(文甫) 또는 화보(和甫), 호는 미수(眉叟), 시호는 문정(文正). 1627년 공조정랑·사복시주부를 거쳐 1659년에 장령에 임명되자 상소를 올려 송시열(宋時烈)·송준길(宋浚吉) 등의 정책에 반대하는 등 중앙 정부에서의 정치 활동을 시작. 1675년(숙종 1년)에 산림직인 성균관제주를 비롯하여 이조참판, 우참찬, 이조판서 등을 거치고 우의정에 임명되어 과거를 거치지 않고 진출한 산림(山林) 중에서 정승까지 승진한 인물. 저서에 문집『기언(記言)』역사서『동사(東史)』를 비롯하여 예서(禮書)인『경례유찬(經禮類纂)』방국왕조례(邦國王朝禮),『정체전중설(正體傳重說)』, 삼척 읍지인『척주지(陟州誌)』등이 있음.

지나 겨울이 되면 그 찬 기운을 발산시켜 모든 생물을 움츠러들게 한다. 반대로 따뜻한 기운은 땅속으로 들어간다. 그런데 이곳은 바위 속으로 난 구멍이 땅속 깊숙이 연결되어 있어서, 깊은 곳에 숨어 있어야 할 기운이 계절에 역행하여 새어 나온다는 것이다. 그래서 입춘이 되면 추워지기 시작하고 입하에 얼음이 얼다가 하지에 더욱 단단해지고, 입추에 얼음이 녹으며 입동이면 없어지고 동지가 되면 모든 구멍이 완전히 비어 버린다는 것이다. 그렇다면 이곳에는 음(陰)과 양(陽) 기운의 순환이 계절에 완전히 역행하여 나타나는 것이다. 아마 땅속의 기운이 우리 나라의 동남쪽에서 특히 혼돈하여 나타나는 것이 아닌가 싶다.

이곳에서 서쪽으로 약 백 수십 리쯤의 지점에 있는 주흘산(主屹山) 밑에는 조석천(朝汐泉)이라는 샘물이 있는데 바다에서 4백여 리나 떨어져 있음에도 바다의 썰물과 밀물 때를 맞추어 가득 차올랐다가 줄어들어 없어졌다가 한다고 한다.

—『기언』

「관동별곡」은 정송강(鄭松江)이 지은 작품이다. 우리 집에는 계집종 한 명이 있었는데, 그 계집종이 「관동별곡」을 매우 잘 불렀다. 나는 어릴 때부터 늘 그 노랫소리를 들으며 자랐으므로 그렇게 귀하다고 생각하지 않았다. 그러다가 자라서 머리를 묶고 상투를 올렸을 때쯤 되어서야 그 노래가 훌륭하다는 것을 비로소 깨달았다.

지난 정축년(1637년, 병자호란 다음해에 청에 항복) 전쟁이 끝난 뒤에 나는 관동의 실직(悉直 : 삼척의 옛 이름)에서 노닌 일이 있었다. 당시 그 지방의 젊은 기생 한 사람이 「관동별곡」을 매우 잘 불러 늘 그를 죽루(竹樓)에 불러다 놓고 노래를 시켰다. 그러면 나의 감흥이 고조될 뿐만 아니라 시문(詩文)에 대한 상상도 넓어짐을 느꼈다. 참으로 훌륭한 노래였다.

내 생각에는 백기봉*의 「관서별곡」이나 무인(武人) 허전(許㙉)이 머슴살이의 고통을 풍자한 「고공가(雇工歌)」, 조현곡(趙玄谷)의 「유민탄가(流民嘆歌)」 등은 다 그 아류작으로 「관동별곡」에는 못 미치는 작품들이다.

내가 옛날 서호(西湖)의 지장찰(地藏刹)이라는 절에서 석 달 동안을 독서한 일이 있었는데 나그네로서의 회포가 자못 울적하여서 중〔衲子〕을 불러 놓고 창가(唱歌)하기를 부탁하니, 중 한 사람이 이르기를, "제가 「관동별곡」을 좀 부를 수 있습니다." 하고 목청을 다듬어 노래를 불렀다. 그의 소리는 속세를 떠난 듯한 기상이 숨어 있어서 마음속에 품던 울적함이 단번에 풀어져 버리는 것 같았다.

송강 정철의 「관동별곡」을 듣고 그 소감을 적은 감상문. 당시 「관동별곡」이 얼마나 유행했는지를 짐작할 수 있다.

김득신(金得臣) 1604∼1684년(선조 37∼숙종 10년). 자는 자공(子公), 호는 백곡(柏谷). 1662년(현종 3년) 증광 문과에 병과로 급제. 가선대부 안풍군(安豊君)에 세습하여 봉해졌다. 화적에게 살해당했다.

백기봉(白岐峰) 명종 때 학자로서 이름은 광홍.

나는 그 뒤로 여러 번 서원현(西原縣 : 淸州)을 지나가게 되었는데, 그 때마다 그 지방의 가기(歌妓)를 불러오게 하여 「관동별곡」을 노래로 청해 듣곤 하였다. 그런데 그들의 노래는 섬세하고 곱기가 실직에서 듣던 젊은 기생의 노랫소리를 따라갈 수가 없다고 생각하였다.

몇 해 전에 나는 관동(館洞)에 있는 친구를 찾아갔다. 그런데 그의 책상 위에 작은 책자가 하나 놓여 있어 무심히 그 책을 들추어 보았더니 뜻밖에 그것은 「관동별곡」이었다. 전편이 한글(언문)로도 씌어 있고 또 한자로도 씌어 있었다. 만일 내가 기억력이 좋았다면 그것을 빌려 보고 모두 외웠을 터인데 나는 성품이 원체 노둔하여 백 번을 보아도 욀 수가 없었다. 그리하여 그냥 책을 어루만지기만 하고 말았다.

조우인*은 「관동별곡」을 듣고 글의 내용을 생각하며 표연히 세속을 떠나고 싶은 충동을 느껴, 마침내 관동 지방에 가서 노닌 뒤에 「속관동별곡(續關東別曲)」이라는 작품을 지었다고 한다. 그 글을 본 이는 그것이 더 좋다고 칭찬하기도 한다.

옛날에 택당(澤堂, 이식(李植))이 나에게 이르기를, "영남의 문장으로는 조우인이 제일일세." 하였는데, 이로써 미루어 보면 그 「속관동별곡」도 매우 진기한 작품임이 틀림없을 듯하다. 그러나 나는 아직 읽어 보지 않았으므로 그 내용이 송강의 작품과 어떻게 다른지는 모르겠다. 조우인의 별호는 이재(頥齋)이고 송강의 이름은 철(澈)이다.

—『백곡집(栢谷集)』

조우인(曹友仁) 자는 여익(汝益), 호는 매호(梅湖) 또는 이재! 첨지중추부사, 우부승지 역임. 시와 그림, 글씨에 능하여 삼절(三絶)이라고 불린다.

숭정 세차 갑진(1664년, 현종 5년, 작자 59세) 10월 15일(계유)은 망자 정랑 (正郎 : 벼슬 이름)의 발인 날이다. 그 하루 전날 늙은 아비는 너의 발인 전 제사 를 지내는 상 앞에 앉아서 통곡하며 알린다.

옛말에 이르기를, "지극히 가까운 부모 자식 사이에는 하고 싶은 말을 글로 쓰지 않고, 지극한 슬픔에는 할 말이 없다." 하였다. 지금 새삼스레 너에 대하여 무슨 말과 글이 더 필요 있겠느냐? 오로지 하늘을 향하여 큰소리로 부르짖으며 아무것도 모른 채 그냥 죽고 싶을 뿐이다.

내가 이런 일을 당한 것은 나에게 죄가 많아서 하늘과 귀신이 성냈기 때문이 다. 이제는 죽어도 아까울 것이 없는 나이인데, 갑자기 자식 없는 사람이 되었 으니 내 무슨 말을 한단 말이냐, 도대체 무슨 말을 할 수 있겠느냐?

너의 죽음을 길거리에 지나가던 사람도 애석히 여기고 한탄하는데, 나의 이 아픈 마음이야 어찌 견딜 수 있겠느냐? 하늘님이여, 하늘님이여! 애통하고 애통합 니다.

너의 병이 깊어진 지가 거의 반 년이 되 었는데도 너는 아무 말 없이 조용히 조섭하 고 있었다. 원기가 돌아오기를 기다리는 처 자식 앞에서는 조금도 걱정하는 빛을 보이 지 않았다. 이러한 참을성은 나로서는 도저 히 따라갈 수 없는 일이어서 늘 너를 기특 하게 여기곤 하였다. 게다가 내가 듣는 앞 에서 너는 한 번도 절망적인 소리를 하지

죽은 자식을 발인하는 날 지은 제문으로 마음속 깊이 우러난 슬픔을 진솔하게 표현했으며, 그 동안 부자간에 있었던 일이며 집안 사정 등을 소상히 써서 독자로 하여금 저절로 눈물이 흘러나오게 하는 애통한 글이다.

송준길(宋浚吉 : 1606~1672년(선조 39~현종 13년). 자는 명보 (明甫), 호는 동춘당(同春堂). 김장생의 문인. 1624년 (인조 2년) 진사가 된 뒤에 학행으로 세마(洗馬)에 천거되었으나 사퇴. 효종즉위시 집의로 기용. 공서파 김자점을 탄핵. 청서파의 집권을 실현. 효종과 함께 북벌 계획을 추진하다가 김자점이 청나라에 밀고하여 좌절. 1659년 병조판서로 송시열과 함께 국정을 이끌던 중 효종이 즉고 현종이 즉위한 뒤에 자의대비의 복상 문제로 예송이 일어나자 송시열과 함께 남인인 윤휴, 윤선도 등이 주장하는 삼년제에 반대하여 기년제를 관철시켰다.

않았다. 내 마음을 위안하기 위한 너의 마음씀은 참으로 훌륭하였다. 한편으로 나는 네가 평소에 의술(醫術)을 조금 이해하고 있기에, 네가 앓고 있는 그 병으로 죽지는 않을 것이라고 굳게 믿었었다. 그런데 어느 날 저녁에 가족이 모여서 얘기를 하는 도중에 너의 처가 이르기를,

"올해 겨울에 딸을 여의고, 내년 봄에는 아들을 장가들여야겠어요." 하기에, 나는 반가운 마음에 참 잘 생각하였다고 칭찬하였더니 그 때 너는 눈물을 흘리더구나. 나는 너의 병이 위중하다는 소리는 하지 않았지만 눈치 채고 있었다. 그러나 나의 미련한 생각은 네가 오래지 않아 자리에서 일어날 것이라는 일념을 버리지 않았었다. 지금에 와서 지난 일을 생각하니 나의 오장이 다 찢어지는 듯하구나. 이렇게 될 줄 누가 알았단 말이냐? 인간의 수명이 길고 짧은 것은 모두 타고난 운명에 달려 있으므로 하느님도 그것을 어찌할 수 없는 것인가? 아니면 깊숙이 침입한 병의 근원을 올바로 치료하지 못하고 사람으로서 할 도리를 다하지 못하여 이 지경이 되었다는 말인가? 정녕 모르겠구나.

나는 평생 병을 안고 살아서 아침이면 저녁을, 저녁이면 아침을 견디지 못할 것 같았는데도, 무슨 까닭인지 지금까지 목숨을 부지하였거늘 너의 어머니도 나보다 먼저 가고, 연전에는 너의 누이까지 죽었으니 나의 이 애타는 간장이 어떠하겠느냐? 그런 와중에도 내 마음을 스스로 위로하고 너그럽게 마음먹을 수 있었던 것은 네가 있었기 때문이다. 지금 네가 내 앞에서 먼저 가 버렸으니 나는 다시 무엇을 믿고 마음을 위로하란 말이냐? 나도 이 세상에 살 날이 많지는 않을 것이다. 옛사람의 말과 같이 내 목숨을 어떻게 할 수도 없구나. 그런데 저 세상에서 죽은 가족끼리의 만남이 이 세상과 같으냐? 그러하지 못하다면 다시 어떻게 한단 말이냐?

올해는 죽은 네 어머니의 회갑 해이다. 네가 살아 있을 때에 병중에 있으면서도 회갑날 묘소에 가서 특별히 제사라도 올리고 싶다고 하기에, 고례(古禮)에

없는 일을 새로 만들 수는 없다고 허락하지 않았었다. 다만 시사(時祀) 날을 이 날로 정하여 시행하라고 하였다. 네 어머니의 기일(忌日)이 또 가까이 다가왔는데 너는 병중에서도 제사 준비를 위하여 지성스럽게도 참견하였다. 그리하여 곁에서 보는 사람이 감동하지 않을 수 없었는데, 두 제사를 다 치르지 못하고 끝내 이렇게 되고 말았구나. 하늘이여 하늘이여! 애통하고 애통하여라.

공산(公山 : 공주)의 옛날 학교가 있던 자리를 네가 평소에 아끼어 네 어머니의 묘를 옮겼으면 하였었는데, 지금 여러 유생(儒生)이 거기를 써도 좋다고 허락하였단다. 그 땅이 비록 파손되기는 하였으나 산천이 수려하고 산세가 우아하니 그보다 좋은 곳을 찾기는 어렵겠구나. 파손된 곳을 메우고 정리하면 매우 정갈할 것 같으니 내 생각에는 거기가 매우 좋다. 우암(尤庵 : 송시열)도 거기가 좋다고 권유하는구나. 내일 나는 너를 데리고 그곳으로 가려고 한다. 가는 도중에 명탄(鳴灘)에서 묵었다가, 26일(갑신)이 실제로 너의 장기(葬期)이니 너는 의심할 것도 두려워할 것도 없이 나를 따라가도록 하자. 그리하여 천추 만세 동안 너의 육체에 딸린 넋이 영원히 편하게 자리 잡는다면 그보다 더 다행스러움이 있겠느냐? 명탄이 있는 곳의 산에 대하여 헐뜯는 말이 많기는 하지만, 내 마음은 흔들리지 않고 그곳을 좋아하는 바이다. 그러나 뒷날 일이야 어떻게 될지 누가 알겠느냐?

명산(鳴山)에서 묵는 것이 나에게는 참을 수 없이 통탄할 일이지만, 영혼은 못 가는 곳이 없을 것이고 양쪽 지방이 거리도 그리 멀지 않으니 한스러워할 필요는 없을 것이다. 너는 스스로 마음을 너그럽게 먹도록 하여라. 한편으로 저승에 있는 너의 어머니 마음은 또 어떤지 알지 못하겠구나.

슬프고 슬프다! 오늘날 내가 바라는 것은 너의 여러 자식의 성취에 있단다. 과연 그들이 나와 네가 기대하는 것만큼 성취하여 입신할 수 있을지 모르겠구나. 모두가 정해진 운수에 달렸는데 우리 부자가 염려하는 대로 되겠느냐?

오늘이 바로 '성(聖)' 자가 쓰인 아들의 생일인데 그 처가 술과 안주를 가지고 와서 조전을 바친다. 이 며느리와 '경(敬)' 자가 쓰인 아들은 네가 병중에 보고 싶어하였으나 미처 보지 못하였었다. 너는 이들이 온 것을 아느냐, 모르느냐? 눈물이 흘러 글자를 적신다. 하고 싶은 말을 이만 그치니 네가 만일 이 마음을 안다면 내가 하는 말을 차마 듣지 못할 것이다. 하늘이여, 하늘이여!

너는 이 조전을 흠향하기 바란다.

—『동춘당집(同春堂集)』

속리산은 대대로 소금강(小金剛)이라고 불려 온다. 금강산은 그 이름이 너무나 유명하여 온세계에 드날렸기 때문에 중국 사람 중에는 동쪽 나라인 우리 나라에 태어나서 금강산을 한 번 보면 원이 없겠다고 한 사람도 있었다고 한다. 이 산이 그러한 금강산의 아우 정도로 일컬어지는 것으로 볼 때에 이곳의 기이한 경치는 굳이 가 보지 않아도 알 만하다.

그런데 이곳에 대하여 예부터 전해 내려온 역사가 뚜렷하지 못한 데다가 거기에 얽힌 전설들도 허무맹랑하여 믿을 만한 유래는 별로 없다. 다만 지난날 세조대왕께서 이 산에 임어하셨다는 사실이 괴애(乖崖) 김수온(金守溫)의 기문에 자세히 쓰여 있다. 그리고 연산군 때 학자 대곡 성운(大谷成運) 선생께서 일찍이 이곳에 은거한 적이 있어 그 분이 읊은 시구가 많이 남아 있을 뿐이다. 이러한 것을 보면 이 산은 마땅히 제왕의 존엄성도 있을 뿐 아니라, 송나라 대학자 주희(朱熹)가 노닐던 남악 운곡(南嶽雲谷)과 같은 운치도 있다.

이 산의 형세를 보면 모두 서쪽을 향하여 달린다. 그 중에 산기슭 하나가 춤추듯 달려 내려오다가 우뚝 솟은 것이 수정봉(水晶峯)이다. 이 산 봉우리 위에 거북돌[龜石]이 있는데 머리가 서쪽을 향해 있다. 『국사(國史)』에 이르기를,

"중국 사람이 와서 이것을 보고는 '중국의 재물이 자꾸 동쪽 나라인 우리 나라로 밀려들어 왔는데 바로 거북돌 때문이다.' 하며 그 거북돌의 머리를 잘라 버렸다."고 하였다. 거북의 등

속리산 수정봉의 거북바위에 얽힌 황당한 전설을 논박하고 거기에 세워진 탑을 헐어 버린 내용에 대해 적은 글. 속리산은 옛날 세조대왕이 이곳에 왔다는 사실과 성운 선생이 은거한 곳으로 그의 시구가 많이 남아 있다는 사실도 언급하였다.

송시열(宋時烈) 1607~1689년. 자는 영보(英甫), 호는 우암(尤庵). 시호는 문정. 본관은 은진. 노론의 영수. 김장생·김집의 문인. 1633년(인조 11년) 생원시에 1등으로 합격. 천거로 경릉참봉이 됨. 1635년 봉림대군(효종)의 사부가 됨. 병자호란에 남한산성에서 왕을 호종. 1689년 왕세자(경종)의 책봉을 시기상조라고 반대하다가 제주에 안치. 이어 왕으로부터 국문을 받기 위하여 상경 도중 정읍에서 사살당함.

에는 10층짜리 탑이 쌓여 있었는데, 세상 사람이 전하기를 "이것도 역시 중국 사람이 거북의 머리를 자를 때 세운 것으로 그 힘을 누르려고 하였다." 한다. 그런데 거북의 머리는 숭정 계사년(1653년, 효종 4년)에 옥천 군수 이두양(李斗陽)이 총섭승(摠攝僧) 각성(覺性)을 시켜 잘라진 부분을 잇게 하였고, 그 다음 을사년(1665년, 현종 6년)에 충청 병마절도사 민진익(閔震益)공이 이 탑을 본 뒤에 스님들에게 탑이 건립된 연유를 듣고, 관찰사 임의백(任義伯)공에게 보고하여 탑을 헐어 버렸다는 것이다.

여기서 내가 의심스러운 것은 어느 때에 중국의 재물이 우리 나라로 밀려들어 왔으며 또 이 거북의 머리를 자른 뒤에 과연 그 재물이 나갔는가 하는 점이다. 오늘날 절도사가 그 탑을 헐물어 버린 것은 중국의 재물이 다시 밀려들어 오게 하기 위해서가 아니고, 황당한 전설들을 없애서 사람들의 의혹을 풀어 주려고 한 것일 터이니 차라리 잘한 일이다.

대개 세상 형편이 안 좋아지면 허무맹랑한 소문이 한꺼번에 일어나서 "썩은 나무에도 사리(舍利)가 생겨나고, 종이로 막아 놓고도 그 내용을 읽을 수 있다."고까지 하였는데, 주자께서는 이것을 다 인간이 만들어 낸 소치라고 하였다. 이 또한 산천이 빼어난 데서 생겨난 이야기일 것이다.

사람이 올바른 도리를 따르지 않고 간사한 말만 믿고 산천의 아름다운 기운이 있음에도 훌륭한 인물을 길러 내지 못할 뿐 아니라 이상스러운 요물만 모이니 개탄스러운 일이다.

탑의 유래를 보면 총령(蔥嶺, 西域)에서 왔는데 도술(道術)을 숭배하는 자들이 그것을 신비스럽게 여겼기 때문이다. 옛날 이곳에 이 탑을 우뚝 높이 세운 것은 저 문장대(文壯臺)나 천왕봉(天王峯)과 함께 그 웅장함을 겨루고자 한 것으로 이곳에 사는 중이나 유람 온 나그네가 그 장한 모습을 우러러보며, 그 동안 몇백 년을 그렇게 내려왔는지 모른다. 그런데 지금 안찰사나 병마절도사가 그 영험을 두려워하지 않고 헐어 버리기를 마치 흙무더기를 쓸어 버리는 듯하였으니, 그 훌륭한 식견이 남보다 뛰어났음을 알겠다. 그뿐 아니라 이렇게 하는 것이 우리 국가 개국의 목표인 배불 정책을 실현시키는 것이 아니겠는가? 여기에 그 전말을 기록하여 이 산속의 역사 자료로 삼으려고 한다.

숭정 병오년(1666년, 현종 7년) 2월에 은진 송시열이 쓴다.

—『송자대전(宋子大典)』

송강(松江)의 「관동별곡」과 전·후 「사미인곡」은 곧 우리 나라의 「이소*」라고 할 수 있다. 그러나 애석한 것은 한자로 쓸 수 없어 음악을 좋아하는 사람들끼리 입으로 전해 주기도 하고, 간혹 우리 국서(國書 : 한글)로 쓰여 전해질 뿐이다. 어떤 사람이 칠언한시*로 관동별곡을 되옮겨 써놓기도 하였지만 시의 맛이 좋지 않다. 어떤 이는 이 작품이 택당*의 어릴 때 작품이라고도 하지만 이는 잘못이다.

구마라십*이 말하기를 "천축(天竺 : 인도)에서는 문장을 가장 중요시하여 그 나라에서 부르는 노래 중에 부처를 찬양하는 노래가 가장 화려하고 아름답지만 지금 중국어로 번역해 놓으니 단지 내용만 전할 수 있을 뿐이고 그 노랫말의 참맛을 찾을 수 없다."고 하였는데, 이치에 맞는 말이다.

사람의 마음을 입으로 표현한 것이 말이고, 말에 운율을 붙인 것이 시가(詩歌)나 문부(文賦 : 가사)이다. 여러 나라의 말이 다 같지 않지만 말을 할 수 있는 사람은 각각 그 나라 말로 운율을 붙여 노래하는데 그 노래는 하늘과 땅을 감동시키고 귀신에게도 뜻을 전달할 수가 있다. 어찌 중국말만

「송강가사」는 충신이 임금을 그리는 심정을 한 여인이 임을 그리는 심정에 비유하여 쓴 작품이며, 특히 「관동별곡」은 우리 나라에서 가장 훌륭한 글로서 중국의 고전인 「이소(離騷)」와 같다고 극찬한 글. 한문학이 절대적인 권위를 가지고 우리 한글은 언문이라고 하여 천대를 받던 17세기에 최초로 우리 한글 문학의 가치를 인정하여 양반 문학의 범주 안에 끼워 넣었다는 평가를 받는다.

김만중(金萬重) 1637~1682년. 인조와 숙종 때 학자. 호는 서포. 서인의 중진으로 인현왕후 폐위사건에 반대하다가 남해로 귀양가서 그곳에서 죽음. 유복자로 어머니에 대한 효성이 지극하여 「구운몽」을 지었고 왕의 뜻을 돌리려고 「사씨남정기」를 썼다. 문집에 「서포만필(西浦漫筆)」이 있다.

「이소(離騷)」 고대 중국 초나라의 충신이며 시인인 굴원(屈原)이 간신들의 참소를 받아 임금의 곁을 떠나면서 부른 노래. 이별의 슬픔을 노래한 대표적인 작품.

칠언한시(七言漢詩) 한자 일곱 자씩 4행시를 쓰는 형식. 다섯 자씩 쓴 것은 오언한시임.

택당(澤堂) 이식(李植)의 호. 이조 인조때 학자이며 한학 4대가 중의 한 사람.

구마라십(鳩摩羅什) 기원전 343~413년. 인도의 고승. 중국에 건너와 많은 불경을 번역함.

그렇게 할 수 있겠는가?

　지금 우리 나라에서 시문(詩文)을 하는 사람들이 우리말은 버리고 남의 나라 말을 배우는데 그 말이 비록 우리말과 거의 같다고 하더라도 이는 앵무새가 사람의 말을 흉내내는 것과 같을 뿐이다. 궁벽한 시골에 사는 나무꾼이나 우물을 긷는 여자들 사이에 흥얼흥얼 주고받는 노래가 아무리 저속하다고 해도 그 진실을 따져 본다면, 이른바 학사대부(學士大夫 : 양반학자)의 시부는 함께 놓고 의논할 가치도 없다. 더구나 여기에 들어 보인 세 가지 별곡은 인간의 본성에서 스스로 우러나온 것으로 조금도 저속하고 야비한 곳이 없지 않은가? 그리하여 예로부터 우리 나라에 참된 문장은 이 세 편뿐이라고 하였다. 그러나 이 세 편 중에서도 가장 우수한 것을 고른다면 「후미인곡」을 꼽는다. 「관동별곡」이나 「전미인곡」은 한자어를 많이 써서 그 빛깔을 꾸민 흔적이 있기 때문이다.

―『서포만필』

밤 사이 기체후 어떠하신지 우러러 그리옵니다. 소자는 지난밤에 잘 잤사옵고, 두통도 거의 나았사오니 다행스럽게 생각하옵니다.

어제 조정의 소식을 적은 관보를 보니 무지개가 해를 뚫었다는 변고가 생겨 내일 조정에서 회의를 한다고 하였습니다. 이러한 재앙이 무엇 때문에 일어났는지 알 수 없으니 재앙을 없엘 계책을 말하기는 쉽지 않을 것입니다. 어떻든 오늘날 어지러운 나라 형편과 백성의 괴로움을 생각하면 다 통탄할 것들뿐입니다. 게다가 조정에서는 의논이 분분하고, 사람마다 생각이 달라서 색목(色目 : 당파) 가운데 또 새로운 색목이 생기니 조정의 관료들이 서로 합심하고 협조할 만한 희망은 조금도 보이지 않사옵니다. 이러한 상황이니 아무리 나라의 당면 과제와 백성이 편히 살 수 있게 하는 계획을 세웠더라도 그것을 시행할 방법이 없지 않겠사옵니까? 나라 일은 점점 꼬여만 가는데 이러다 보면 호랑이 두 마리가 싸우는 형세를 관망하다가 한 놈이 죽은 뒤에 지쳐 있는 한 놈을 어렵지 않게 잡았다는 옛날 춘추전국 시대의 장사인 변장자(卞莊子) 같은 무리가 안 나오리라고 단정할 수 없지 않겠습니까?

이렇게 생각하고 보면 너무나 두렵습니다. 이러한 난관을 구제하지 못하면 우리 나라가 장차 어떻게 될지 알 수 없을 듯합니다. 난국을 극복하는 특별한 묘안이 있을 수 없고 오로지 묘당(廟堂 : 의정부)에서 포용하는 도량을 가지고 국사를 조정하는 것뿐입니다. 그

작자의 아버지 김수항이 영의정으로 있을 때에 아들로서 아버지에게 국사에 대한 의견을 개진한 글로, 당시 격앙된 당쟁의 일면을 엿볼 수 있으며 효성과 충성이 잘 나타나 있다.

김창협(金昌協) 1651~1708년. 호는 농암(農巖) 또는 삼주. 자는 중화(仲和) 본관은 안동. 김상헌의 증손, 김수항의 아들. 김창집의 아우, 김창흡의 형. 1682년 증광 문과에 장원. 같은 해 이 글을 아버지에게 씀. 이 조정랑, 수찬, 교리, 대사간, 동부승지, 대사성 등을 역임. 청풍부사로 있던 1689년 (숙종 15년)에 기사환국으로 아버지가 진도에 유배되어 사사(賜死)당하자 벼슬을 버리고 영평에 은거. 1694년 (숙종 20년) 갑술옥사로 장희빈이 제거되고 아버지가 신원(伸寃)되어 대제학, 예조판서 등으로 임명되었으나 사퇴함.

러자면 벼슬을 버리고 고향으로 돌아간 우옹(尤翁 : 송시열) 같은 분을 불러 올려야 될 것 같습니다. 지난해 이 어른이 벼슬길에 나오셨을 때에는 무엇인가 꼭 해볼 것 같았는데 갑자기 또 벼슬을 버리고 돌아가셨습니다. 그가 건의한 승척 제도(升尺制度 : 도량형 제도)는 결국 임금의 허락을 받지 못하였습니다. 이에 대한 여론을 보면 모두 묘당에서 성의를 가지고 협력하지 않아서 그렇다고 합니다. 그가 귀향한 뒤에 임금께서 여러 번 소명(召命)을 내리셨지만 그를 꼭 불러들여야겠다는 의지가 보이지 않으므로 선비들도 이것을 안타까워합니다.

지금 나라 형편으로 볼 때에 아무리 그 어른께서 올라오신다고 해도 별수 없이 어렵겠지만 그래도 이 어른께서 올라오시고 또 박장(朴丈) 같은 분이 마음을 합쳐 여러 선비의 의견을 수렴한다면 국난을 극복할 수 있지 않을까 생각합니다.

내일 조정의 의논에서 이러한 의견을 집중적으로 개진하시고, 임금님께 진정으로 도움을 바란다는 몇 줄의 편지를 내리시게 하여 그 날로 당장 지체가 높은 신하나 승지를 보내어 꼭 모셔 오도록 하십시오. 한 번 불러서 안 오면 두 번 부르고 두 번 불러서 안 오면 세 번, 네 번, 열 번까지라도 보내어 꼭 불러오는 것이 가장 급한 일이라 생각합니다.

조정에서 의논을 할 때에 임금 앞에서 색목 등의 문제를 거론할 수는 없겠지만 나랏일이 이렇게 어렵고 하늘에서 내리는 변고가 심상치 않은 시점에 송(宋) 아무개를 꼭 불러와야 이 위급한 상황을 헤쳐 나갈 수 있다고 진술하시고 또 송 아무개는 시골에 묻혀 있는데 신 같은 사람이 외람되게 정승의 자리에 눌러앉아 있는 것이 재앙을 불러온 한 원인이 된다고 진술하시면 재앙으로 인하여 직위를 사양하는 뜻도 드러날 것입니다. 어떻게 생각하시옵니까?

세금 징수 방법인 호포법(戶布法)은 대신들로 하여금 해당 부서에 문의하여 처리하라는 임금님의 명령이 있었사온데 이번 일을 계기로 그 명령을 거두어 달라고 청하십시오. 이 법은 지금까지 실행되지 못하였는데도 지금에 와서 이 문제를 말하다가 죄를 짓게까지 되었으니 만일 그냥 버려두고 시간만 끌다가는 또 시끄러운 사건의 실마리가 되지는 않을지 염려됩니다.

저들(경신대출척 때 역모로 몰린 자), 유배 간 자들 중에는 역적 모의에 관계되지 않은 자도 혹 있을지 모르니 죄상을 참작하여 관용하는 방법도 좋을 듯합니다. 역적 모의에 관계하였더라도 중죄가 아니면 감형을 해주는 것이 어떠하올지요?

병들어 누워 있는 몸으로 문득 생각한 바를 겨우겨우 우러러 아뢰오니 살펴보소서. 이만 그칩니다.

임술년(1682년, 숙종 8년, 작자 32세)

─『농암집(農巖集)』

아우들과 작별한 뒤에 소식을 듣지 못하여 무척 궁금하더니 지난 26일, 청련암(靑蓮庵)에서 자네들이 23일에 보낸 편지를 받았네. 반가운 마음 말로 다 표현할 수가 없었네.

편지를 받은 뒤에 또 여러 날이 흘렀군. 그래! 아버님, 어머님 모시고 모두 잘 있는가? 아우들을 그리는 마음 다시 간절하군.

나는 25일 풍악(금강산)에 들어와서, 27일에 배점(拜岾)을 나와 쇄랑동(灑郞洞)과 통천(通川)을 지나고 어제 고원(高原)에 도착하였네. 지금 또 출발하려고 하는데 다행히 몸도 건강하고 그 동안 앓던 눈병도 좀 나은 것 같으이.

풍악의 유람은 맷돌방아를 돌리는 말과 같아서 늘 가던 길을 밟고 가지만 해가 하도 길어서 이틀 만에 정양대와 만폭동을 두루 돌아보았네. 보덕굴(普德窟) 위로는 그 경치가 참으로 어느 경치와도 비교할 수 없을 만큼 좋고, 중향성(衆香城)도 특이한 곳이더군. 정양대와 청연암에서는 잇달아 넘어가는 햇볕을 보았는데 마음과 눈이 탁 트이는 것 같았네. 그리고 이 곳이 별것 아니라고 깎아내리는 사람이 있는데 이는 기대가 너무 커서 그럴 뿐 아니라 이러한 산수를 자주 가까이하지 못하였기 때문이라는 것을 알았네.

이 산의 아름다움은 우리 나라에서는 그야말로 비교할 수 없을 정도여서 그 소문이 전세계에 알려진 것은 당연한 일일세. 쇄랑의 험준함은 비교할 데가 없겠지만 물과 돌은 특별히 아름답다고 할 만한 곳이 없었네. 수몽〔守夢 : 정엽(鄭曄)의 호〕이 아름답다고 기록한 것을 나는 알 수가 없네. 또 학포(鶴浦)는 소문대로 훌륭하기는 하나 삼일포(三日浦) 같은 곳만은 못하더군. 다만 비가 와서 말을 사봉(沙

작가가 금강산 유람을 하는 도중에 아우들에게 보낸 편지. 형제간의 우애가 넘쳐 흐름을 알 수 있다.

峯)에 잠시 멈추게 하고 둘러보아 마음이 조급한데다가 풍경도 갠 날보다는 덜 하더군.

가는 곳마다 나 혼자 온 것을 후회하였네. 특히 경명을 데려오지 못한 것이 한스럽군.

산속의 목련과 바닷가의 해당화는 제때를 만나서 더위도 느낄 수 없을 정도로 마음을 끌었네. 국가의 변두리에 멀리 노니는 것은 좋은 행동이 아니지만 경치 좋은 산과 바다를 감상하는 것은 나 자신을 위로하기에 충분하다네.

지금 나는 여행 중에 느낀 복잡한 세상 일을 이야기하려는 것이 아닐세. 다만 노닐면서 보고 느낀 것을 대강 이렇게 알리어 비 갠 창가에 앉아 속세를 잊게 하는 잡담 대신 듣게 하려는 바일세. 모두 몸 보중하기 바라며 이만 줄이네.

을축년(1685년, 숙종 11년, 작자 35세)

―『농암집』

우형(愚兄) 홍대용은 삼가 선생이며 현제(賢弟)인 주랑재(朱郞齋)에게 답장을 보내오. 생각하여 보면 구봉〔九峯 : 엄과(嚴果)의 호〕은 철교〔鐵橋 : 엄성(嚴誠)의 호〕의 형이었는데, 나는 구봉의 형뻘이 되고 낭재는 철교의 아우이니 내가 당신에게 아우라고 부르는 것이 당연하지 않겠소?

친구를 사귀는 일 중에 하나는 뜻으로 사귀는 일이고 또 하나는 도(道)로써 사귀는 것이라고 나는 생각하오. 그러니 뜻이 같고 도가 같다면 간혹 천 년 전의 옛사람과도 친구가 될 수 있는데, 한 세상 한 세대에 사는 사람에 있어서야 더 말할 나위가 있겠소? 비록 서로 만나 보지 못하고 이렇게 멀리 떨어져 있지만 서로 뜻이 통하니 이것이 바로 도의(道義)로 사귀는 벗이고 성명(性命)으로 사귀는 교제가 아니겠소?

이 홍대용은 조그마한 나라에서 태어나고 자라서 견문이 좁은데다가 성격도 뻣뻣하여 사람들과 잘 어울리지 못하므로 반평생 살면서 가까운 친구라고 부를 만한 사람은 겨우 두어 사람밖에 없소이다. 그러면서 늘 '인간이 세상에 태어나서 세상에 나아가거든 임금에게 신임을 받아 자신의 포부를 펴야 하고, 가만히 들어앉았을 때에는 뜻이 맞는 친구와 어울려야 한다.' 고 생각합니다. 그러나 임금의 신임을 받는 것은 운명에 달린 것이고, 친구와 뜻이 맞으려면 도리로써 구할 수밖에 없지 않습니까? 그러므로 남의 신하가 된 자는 관복을 입고 제

작자가 일찍이 7일간 중국에 다녀온 일이 있었는데 그곳에서 사귄 친구의 소개로 한번도 보지 않은 주랑재에게 보낸 편지. 글을 쓰게 된 동기와 자신의 소개, 앞으로의 희망을 피력하고 지난번 중국에서 사귄 친구들과 필담으로 주고받은 문장을 문집으로 만든 『건정필담』과 함께 보낸다는 내용이다.

홍대용(洪大容) 1732~1783년(영조 7~정조 7년). 자는 덕보(德保). 호는 담헌(湛軒). 본관은 남양. 북학파의 한 사람. 1765년 영조 41년 서장관인 숙부를 따라 북경에 들어가서 엄성, 반정경, 육비 등의 중국 선비와 친교를 맺고, 천주교와 서양 문물을 접함. 돌아온 뒤에 중국의 선비들과 많은 서신을 교환하였고, 1774년(영조 50년)선공감감역이 되었으며 영주 군수 등을 역임. 저서로 『답헌기』, 『건정필담』등이 있다.

백일

례 행하는 일을 주선하여야 하고, 다른 사람과 친구가 된 자는 글과 술을 앞에 놓고 호탕하게 자신의 뜻을 펴야 한다고 생각합니다.

그런데 산에 들어가 숨어 살려고 한다든지 바다에 나아가 괴이한 구경거리를 찾아보는 것은 어부나 승려나 하찮은 노예나 광대, 그 밖에 거지들도 모두 마음속으로 바라는 것이라오. 이는 주위 환경이 넓지 못해서 풍속이 고루하고, 믿음이 적어서 남과 잘 어울리지 못하는 사람들이 바라는 것이오. 성인의 글인 『예기』에 선비들이 행하여야 할 도리를 표현하기를 "서로 같은 지위에 있으면 즐겁게 생각하고 또 서로 자신을 낮추려고 하며, 오래도록 못 만났어도 그 사람을 끝까지 믿어야 한다." 하였소. 그러한 유학자의 행동 지침을 그대로 따르는 자를 나는 아직 보지 못하였소. 그리하여 사방으로 노닐며 인문(人文)이 번창한 중국에서 그런 사귐을 구하여 보려고 했던 것이오. 결국 나는 다행스럽게도 서호(西湖)에서 세 분의 친구를 만났소. 그 분들을 만나자 단번에 믿을 수 있는 친구로 믿었고, 겨우 7일 동안 서로 자리를 같이 하였지만 그분들과는 죽음까지도 사양하지 않는 친구로 지내려고 결심하였소. 이 어찌 지어먹은 마음의 결과겠소? 나는 이것이 바로 하늘이 정해 준 인연이라고 생각하오. 그 중에서도 철교와 형제를 맺어 서로 모자란 점을 보충하기로 한 것은 실로 평생에 바라고 바라던 바이오. 그런데 그와 이별한 지 이태 만에 갑자기 그가 죽었다는 소식을 들었소.

복원(福院)에서 그가 보낸 긴 편지에 적힌 간곡하고 절실한 말은 내 마음을 감동시키고 기운을 솟게 하였소. 이러한 좋은 친구를 잃었으니 이제 내가 어디에서 그에게 진정으로 보답한다는 말이오. 또 낭재 현제의 편지에서 본, 그의 따뜻한 유언을 들으니 내 마음은 더욱 슬퍼집니다.

낭재 현제여! 내 마음은 돌이 아니오. 그러니 어찌 슬프지 않겠소? 집에 들어오면 벽에 그의 얼굴이 어리고, 밖에 나가면 하늘을 향하여 그의 얼굴을 떠올리며 부르짖는다오. 이 아픈 마음 죽어야 끝날 것이오. 이 슬픈 마음 무어라고 말로 표현하겠소? 보내 준 그의 초상화와 유고(遺稿)는 마치 보물 대하듯 보고 또 보고 하면서 이 슬픈 마음을 달래려고 합니다. 그리하여 그의 형제를 나의 형제처럼 존경하고 사랑하려고 결심하였소. 현제께서도 나의 심정을 십분 이해하실 것이오.

지난 병술년(1766년, 작자 35세)에 북경에서 돌아오자마자 거기서 7일 동안 주고받은 필담(筆談)과 그 동안 주고받은 편지를 모아 책을 한 질 만들었소. 내가 거처하던 천승점(天陞店)이 건정(乾淨) 거리에 있었으므로 책 제목을 『건정필담(乾淨筆談)』이라 하고는 거기에 우리가 거기서 사귀던 경위를 대략 기술하였소. 그러나 지금 그 책의 번거로운 곳을 생략하고 고쳐서 세 권의 책으로 만들고, 철교에게 마지막 보낸 편지를 끝에 붙여 놓았소. 그러니 『제금집(題襟集)』 중에 잘못 된 곳은 참고하여 개정하든지, 아니면 외집(外集)으로 따로 묶어 전하든지 현제께서 재량하여 처리하시오.

『제금집』 중에 오자(誤字)로 생각되는 것은 나도 여기 기록하여 보내오. 그러나 중국과 우리 나라에서 초서를 쓰는 법이 달라서 각자 잘못 인식하는 경우가 있소. 앞으로 전하는 계기가 있거든 원본을 그대로 모사하여 보내 주시면 금방 알 수 있을 듯하오. 이 『건정필담』 전집에는 시문(詩文)이 많지 않지만 전할 만한 것들이 실려 있소. 『제금집』은 외국의 실정을 쓰다 보니 자기 나라 관습상 혹시 쓰지 못할 말을 쓴 경우가 있겠지만 특이한 글이라 이해하여 주기 바라며 간략하게 교정을 보아 전집에 붙여 인쇄하도록 하면 좋겠소. 다만 구봉 같은 여러 사람의 의견은 어떤지 모르겠소.

내가 보기에는 현제의 문장과 기질은 고상하고 필법이 힘차서 결코 시골에서 썩힐 재목이 아닌 것 같소. 그러나 갑자기 높은 자리에 올라가게 되면 사람들의 시기를 살 수도 있으니 경계하여야 하오. 하기야 인생의 궁달(窮達)은 모두 정한 운명이 있으니 벼슬을 하든 아니하든 닥친 운명에 분수를 다하면 되는 것이오. 우리 유학의 실제는 이와 같습니다. 그런데 요즈음 도학자는 자신에게 학문을 배우는 사람들을 받아들이면서 자기와 견해가 다른 자를 배척하고 남을 이기고 보자는 거만한 마음을 먹어 자기만 홀로 옳다고 생각하니 매우 한심한 일이오. 진실한 마음으로 사실에 입각하여 실체의 진실을 밝혀야만 진리를 찾는다는 격물치지(格物致知)의 방법과 자신을 닦고 남을 다스린다는 수기치인(修己治人)하는 기술을 터득할 수 있을 것이오.

낭재 현제의 학문에 대한 정론(定論)을 나는 알고 싶소. 우리는 기왕에 철교의 벗이었고, 또 그는 죽음의 갈림길에서 이와 같이 좋은 친구를 소개하여 주었으니 그 정성을 어떻게 갚으면 좋겠소? 우리는 각자 몸과 마음을 닦아서 앞으로 성취하여 죽은 친구의 은혜에 보답하는 것이 첫째 임무라고 생각하오. 오로지 슬픔에 싸여 있는 것은 어린 아이나 여자들의 감정에 불과하다고 생각하오.

철교와 현제가 반평생 동안 쌓아온 친분은 보내 준 문집에 실린 시문으로 알 만하오. 지난번에 성남(城南)에서 필담을 할 때는 너무 바빠서 한 번도 현제의 이름을 들어 보지 못하였으니 그것이 한스러울 뿐이오. 이 글만 하여도 지난 무자년(1768년, 작자 37세)에 보내신 것인데 10년이 지난 지금에야 받았으니, 앞으로 인편이 있을 때마다 편지를 주고받는다고 하더라도 잘해야 두서너 번 더 왕복할 수 있지 않겠소? 만리 먼 거리에 있으면서 얼굴 한번 보지 못한 사람끼리 이와 같이 천륜이나 마찬가지의 친분을 맺었으니 어찌 경박한 사람들의 행위와 같겠소?

나, 홍대용은 철교보다 한 살이 위로 금년 나이 마흔아홉이오. 일찍이 성현이 남겨 놓은 글을 읽고 느지막이 자연 속에서 노닐고자 두어 칸짜리 초가를 지어서 장차 여생을 보내려고 하였는데 뜻밖에 지난 갑오년(1774년, 작자 43세)에 외람되게도 벼슬길에 오르게 되었소. 집에는 늙으신 어머님이 계셔서 봉양해야 하므로 벼슬길에 아니 나갈 수도 없었소. 지금은 한 고을의 현감(縣監)이 되었으니 영화롭고 다행스러운 일이지만 어설프고 게으른 성질이 관청 일에 익숙하지 못하여 일에 몰두하다 보니 학문을 연마하는 일에 자꾸만 게을러진다오. 돌아가신 철교께서 나의 장래를 너무 후하게 점친 것을 생각하매 송구스러운 마음 금할 수 없어서 당장이라도 벼슬길에서 물러나 집에 들어앉아 생각한 바를 저술하고 옛 선인의 시문을 외면서 살고 싶소이다. 생각해 보면 인생이란 참으로 가소롭소이다.

. 내가 본래 시 짓기를 배우지 못한 것은 철교께서도 아는 바오. 북경에 갔다가 돌아온 뒤로 억지로 한위(漢魏) 시대의 고시체(古詩體)를 본받아 습작을 하였었소. 그 시체가 좋기보다 평측(平仄)이나 대구법(對句法) 같은 형식에 구애받지 않고 생각한 바를 진솔하게 표현하는 데 매력을 느꼈는데, 근래에는 관청 일에 정신을 쏟다 보니 그것마자 폐지한 지 오래되었소. 그리하여 현제께서 보내준 두 수의 율시(律詩)에 화답할 방법이 없어서, 그 동안 시간 있을 때마다 써둔 수십여 편의 시를 현제에게 초면(初面)의 인사와 아울러 보내 주신 문장의 보답으로 대신할까 하오니 외면하지 마시고 한번 보아 주시오.

다음에 또 언제 편지를 주고받을지 기약할 수는 없으나 우리 서로 잊지 않는다면 언젠가 또 소식을 전할 수 있겠지요. 낭재 현제께서는 이 외로운 마음을 이해하십시오. 이만 줄입니다.

—『담헌설총(湛軒說叢)』

하룻밤 사이에 물을 아홉 번 건너고 · 박지원

하수는 두 산 사이에서 흘러 내려오는데 마치 이리가 싸움을 하듯 바위에 부딪치며 내려온다. 그 놀라운 물결은 성난 것도 같고 슬퍼서 애원하는 것도 같고 마구 달리다가 둘둘 말리기도 하고 말이 울부짖듯, 장군이 호령하는 듯도 한데, 그 형세가 장성(長城)이라도 무너뜨릴 듯하고, 전쟁터에 나간 만 마리의 말이 끄는 수레와 만 자루의 대포와 만 개의 북이 달리고 터지고 두들겨 대는 것과도 같다. 산이 무너지고 내리누르는 듯한 소리는 이루 형용할 수가 없다.

물가 모래 위에는 큰 바위가 우뚝 서 있고, 제방 위의 버드나무는 검푸르게 우거져 있어 물속의 귀신이 다투어 나와서 사람을 놀라게 할 것도 같고, 이쪽 저쪽에서 이무기들이 사람을 잡으러 뛰어나올 것도 같다.

어떤 사람은 이곳이 옛날 전쟁터여서 물소리가 우는 듯한 소리를 낸다고 했다. 그러나 물소리는 듣기에 따라 다르기 때문에 그렇지 않다.

우리 집은 산중에 있었는데 문 앞에 큰 시내가 흘렀다. 여름이 되어 소나기가 한번 지나가면 시냇물이 갑자기 불어나서 마치 수레가 달리는 것 같고 대포나 북소리가 한꺼번에 나는 듯도 한데, 모두 그런 것들을 생각하며 듣기 때문이다.

나는 일찍이 문을 닫고 누워서 그 소리들을 물건에 비유하며 들어보았다. 어떤 때는 깊숙한 소나무 숲에서 소나무들이 흔들리면서 내는 청아한 소리 같기도 한데 이는 고상한 생각을 하며 듣기 때문이고, 어떤 때는 산이 무너지듯 급박하게 들리기도 하는데 이는 흥분하여 듣기 때문이며, 수많은 개구리가 마구 울어

박지원(朴趾源) 1737~1805년(영조 13~순조 5년) 자는 중미(仲美) 호는 연암(燕巖) 홍대용, 박제가와 함께 북학파의 영수. 1777년(정조 1년)에 8촌형 박명원(朴明源)을 따라 중국에 다녀오면서 중국 사람들이 이용 후생하는 방법을 보고 『열하일기』를 저술하였다. 저서로 『연암집』이 있다.

강물을 건너며 자신의 느낌을 진솔하게 표현한 글. 물이 무섭다든지 운치가 있다든지 하는 것은 순전히 마음먹기에 달린 것이지, 결코 물 자체가 무섭고 두려운 것이 아니라는 내용이다.

백육

대는 듯한 것은 교만한 태도로 듣기 때문이고, 만 개의 피리가 한꺼번에 울어대는 것 같은 것은 성난 마음으로 듣기 때문이다. 번개가 번득이며 천둥치는 것처럼 들리는 것은 놀란 마음에서 듣기 때문이고, 항아리에서 차가 끓는 듯한 소리가 나는 것은 어떤 취미에 빠져 듣는 것이고, 거문고가 다섯 개의 음을 조화시킨 듯한 것은 슬픈 감정으로 듣는 것이고, 종이 발린 창문에 문풍지 소리같이 들리는 것은 의심을 가지고 듣기 때문이다. 모두 올바른 자세로 듣는 것이 아니다. 가슴속에 의도하는 바를 정해 놓고 그 방향으로 소리를 듣기 때문이다.

오늘 나는 하룻밤 사이에 강물 하나를 아홉 번 건넜다. 물은 저 국경 밖에서 흘러나와 장성(長城)을 통과하여 유하(楡河)와 조하(潮河)와 황화(黃花)와 진천(鎭川)과 만나고, 이것은 다시 밀운성(密雲城) 아래를 지나며 백하(白河)가 되었다. 나는 어제 배를 타고 백하를 건넜는데 백하는 곧 이곳의 하류이다.

내가 요동 땅에 들어오지 않았을 때에는 더운 여름이어서 뜨거운 햇볕을 받으며 걸어왔는데, 갑자기 큰물이 앞을 막고 있어 붉은 물결이 산처럼 높이 솟아 있는 것 같으니 저쪽 언덕을 볼 수가 없었다. 이는 물의 먼 상류 어느 곳에서 폭우가 쏟아졌기 때문일 것이다. 물을 건널 때 사람들이 모두 고개를 쳐들고 하늘을 보았는데 나는 하늘을 향하여 기도를 드린다고 생각했으나 얼마 있다가 그 이유를 알았다. 물을 건너는 자가 물결이 거세게 밀려오는 것을 보면 몸은 마치 물결에 밀려갈 것 같고, 눈은 물결을 따라가다가 어지럼증이 생겨 물에 빠져 죽게 될 것 같기 때문이다. 머리를 들어 하늘을 보는 것은 하늘에 기도하려는 것이 아니라 그 무서운 물결을 보지 않기 위해서이다. 어느 겨를에 눈앞에 닥쳐올지 모르는 운명을 기도하겠는가? 그 위험함이 이와 같은데도 이 물소리는 들어 보지 않고 모두 말하기를 요동 벌판은 넓으므로 물이 그렇게 성난 듯 울지 않는다고 한다. 이 물을 모르기 때문이다. 요동 땅에 흐르는 물은 언제나 울지 않는 때가 없다. 그 물을 밤에 건너 보지 않아 그 소리를 의식하지 못한 것이다. 낮에는 물을 눈으로 보기 때문에 그 위험을 눈으로 보아서 두려움을 충분히 느끼므로 눈으로 보지 않으려고 하는데 언제 귀로 듣는 데까지 생각이 미치겠는가? 지금 나는 밤에 물을 건너게 되니 눈으로 그 위험을 볼 수 없다. 귀로 들어 그 위험을 알게 되니 귀로 듣는 두려움을 견딜 수가 없다.

나는 지금 어떤 도리를 터득하였다. 중심이 확고한 자에게는 귀나 눈이 마음을 흔들 수 없다는 것이다. 귀와 눈을 믿는 사람은 보고 듣는 것을 아무리 밝게 해도 귀와 눈이 오히려 마음의 병이 된다. 지금 나의 마부(馬夫)는 발을 말에게 밟혀 뒤에 오는 수레에 실려 있다. 나는 말고삐를 잡고 말을 물에 띄운 뒤 무릎을 구부려 말안장 위에 올려놓았다. 여기서 한번 떨어지기만 하면 물이다. 곧 물이 땅이고 물이 옷이고 물이 몸이고 물이 내 성품과 감정이 된다. 이렇게 한번 떨어지기를 마음으로 결심하고 나니 내 귀에는 물소리가 들리지 않았다. 이렇게 아홉 번을 건넜는데도 마음속에 두려움이 없으니 마치 방바닥에 깔린 돗자리에 앉았다가 누웠다가 하는 것과 같았다.

옛날 우(禹)임금이 하수를 건너는데, 누런 용이 그가 탄 배를 등으로 떠밀어 매우 위험한 지경에 이르렀다고 한다. 그러나 죽음과 삶에 대한 판단이 마음속에 분명히 정해져 있으면, 용이든 지렁이든 앞에 나타난 것이 크든 작든 상관없어진다. 들을 수 있는 소리나 볼 수 있는 빛깔은 모두 내 몸 밖에 있는 물체이다. 이 물체가 원인이 되어 이와 같이 올바르게 보고 들을 수 없게 한다. 그뿐이 아니다. 사람이 세상을 살아가는 데도 험난하고 위험함은 이 물을 건너는 것보다 훨씬 심한 때가 많지 않은가? 그 때도 보고 듣는 것이 모두 병이 될 뿐이다.

다음에 나는 산중으로 돌아가서 다시 앞에 흐르는 시냇물 소리를 들으며 지금 내가 깨달은 도리를 시험하여 보기로 한다. 또 자기 몸을 잘 간직하고 자신의 총명을 믿는 자에게 깨우침을 주기 위해 이 글을 쓴다.

—『연암집(燕巖集)』

옛날 골동품 가게에서 3년 동안이나 팔리지 않은 물건이 있었다. 그 물건은 바탕으로 보아 분명히 돌로 만든 것 같은데 밖은 패고 안쪽은 말렸으며, 때가 덕지덕지 끼어 본래의 모습을 찾아볼 수가 없었다. 그리하여 온 나라 사람에게 두루 돌려 보였으나 누구 하나 돌아보는 자가 없었고, 물건 값은 갈수록 낮아져서 수백 전에 불과하였다.

그러던 어느 날 서여오(徐汝五) 군이 그것을 보고 감탄하며 말하였다.

"이건 필세(筆洗 : 붓씻기)라는 그릇인데 돌은 복주(福州)의 수산이라는 산의 오화석갱(五花石坑)에서 나는 것으로 옥돌보다는 못하지만 민(珉)돌과 비슷하네."

그는 값을 물어 보지도 않고 그 자리에서 8천 전을 내고 샀다. 그러고는 그것을 가져다가 때를 벗기니 조금 전까지 무디게 보이던 것은 돌의 무늬로 나뭇잎 같은 푸른색을 띠고 있었다. 모양이 패고 말려 있는 것은 마치 가을날의 연잎이 말라서 안쪽으로 말려든 듯했다. 참으로 훌륭한 명품이었다. 여오가 다시 말하였다.

"이 세상에 쓸모없는 그릇이 어디 있겠는가? 용도에 알맞게 쓰면 되는 것일세."

붓이라는 것은 먹을 많이 묻히거나 아교풀을 많이 먹이면 부러지거나 쉽게 닳으므로 늘 씻어서 부드럽게 해놓아야 한다. 이러한 데 쓰는 도구가 필세이다.

서화(書畵)나 골동품[古董]에 대해서는 그것을 수집하는 사람이 있고, 또 그것을 감상하는 사람이 있다. 두 부류의 사람 중에 감상은 못 하면서 수집에 힘쓰는 자는 남의 말을 잘 믿는 부자이고, 감상은 잘하지만 수집을 못 하는 자는 물품을 볼 수 있는 안목은 있으나 가난 때문에 가질 수 없는 사람이다.

우리 나라에도 간혹 이러한 것을 수집하는 사람이 있지만 서적으로는 기껏해야 중국 송나라 시대 건양(建陽)에서 조잡하게 출판한 방각본(坊刻本)을 치고, 서화로는 김창(金閶 : 중국 금창[蘇州])의 가짜 서화를 친다. 참으로 진본인 율피로(栗皮纑) 같은 것은 검다고 하여 갈아 내려 하고 장경지(藏經紙) 같은 것은 더럽다고 하여 씻으려고 한다. 세상 사람들은 가치도 없는 것은 값이 비싸도 가지려고 하면서 참으로 가치 있는 보배는 수장하지 못한다.

옛날 신라 선비들은 당나라에 가서 국학에 유학하고, 고려 사람들은 원(元)나라에 가서 과거 시험에 합격하여 자신의 안목을 넓히고 지식을 받아들였다. 그 당시에는 골동품을 감상하는 안목도 상당하였다. 국조(國朝 : 조선 개국) 이래로 삼사백 년 동안 풍속이 고루하여져서 가끔 중국의 수도인 북경에 나들기는 하였으나 사람들이 가져오는 것이라고는 썩어빠진 약 재료 아니면 하찮은 비단류뿐이었다. 옛날 중국 고대의 골동품이나 위진(魏晉) 시대에 명필들이 쓴 서화가 한 번이나 들어온 일이 있는가?

요즈음의 감상가로 상고당(尚古堂)의 김씨를 꼽기는 하지마는 그도 거기에 대한 재능과 교양이 부족하다. 그는 서화를 수집하기 시작한 공이 있으나, 서여오는 진짜와 가짜를 가려내는 훌륭한 변별력과 재능을 겸비한 사람이다.

서여오는 총명한 성품에다 문장에 능숙하며 작은 해서(楷書) 글씨를 잘 쓰고 송나라 서화가 소미(小米)의 발묵화법(潑墨畵法)을 습득하였고, 음악에도 조예가 깊다. 가을 봄으로 여가가 있을 때에는 뜰을 깨끗이 쓴 뒤에 향을 피우고 차를 끓여 마시며, 가난하여 골동품들을 수장하지 못하는 것을 늘 한탄하였다. 그러고는 세상 사람들이 자신의 심정을 이해하지 못하는 것을 나에게 하소연하였다.

"세상 사람들이 나를 보고 물질에 대한 사랑에 빠져 진실을 외면한 사람이라고 하는데, 그들이 어찌 내 심정을 알겠소? 골동품을 감상하는 것은 『시경』에도 있는 교훈이요. 그래, 공자님이 신었다는 곡부(曲阜)의 신발을 보고 감동하지 않는 자가 있겠소? 점대(漸臺)에 왕망(王莽)이 만들었다는 북두칠성 모양의 그릇〔威斗〕을 보고 옛사람의 과오를 반성하여 보지 않는 자가 있겠소?'

　나는 그를 위로하면서 한편으로 한탄하였다.

　'감상이라는 것은 사물을 바르게 평가하는 학문이다. 옛날 후한(後漢) 시대의 허소(許劭)는 당시 조정에 벼슬하는 인물들을 평가하는 데 중국의 대표적인 강으로 맑은 경수(涇水)와 혼탁한 강인 위수(渭水)로 갈라 놓듯이 하였지만 당시에는 허소라는 사람을 인정하여 주지 않았다. 지금 서여오는 서화 감상에 능통하여 다른 사람이 다 몰라주는 이 골동품의 진가를 발휘하게 하였지만 서여오를 알아줄 사람이 누가 있다는 말인가?

—『연암집』

열녀 박씨의 죽음 · 박지원

옛사람이 이르기를 "열녀는 두 남편을 섬기지 않는다."고 하였는데, 『시경』에 죽은 남편을 위하여 한평생 시집가지 않겠다고 노래한 「백주(柏舟)」도 바로 이러한 내용이다.

그런데 개가(改嫁)한 여자의 자손을 높은 벼슬에 임명하지 않겠다고 한 우리 나라 국법이 벼슬 자리에 오를 자격도 없는 하찮은 서민들까지 규제하기 위한 규정이겠는가? 그렇건만 조선이 개국한 지 400여 년이 지난 오늘날까지 오랜 세월 동안 그 교육에 깊이 교화된 우리 나라 여자들은 신분이나 계급의 상하를 막론하고 남편이 죽으면 한평생 과부로 늙는 것이 풍속으로 굳어졌다. 그리하여 옛사람이 열녀라고 칭찬함은 오늘날 과부로 살아가는 것만으로 충분한 것이다.

그런데 오늘날 저 시골 구석의 젊은 과부들은 부모들이 수절을 하라고 강요한 것도 아니고 또 그 자손이 벼슬길에 오를 만한 신분도 아닌데 절개를 지키며 홀어미로 살아간다. 그것도 부족하여 물에 빠져 죽거나 불에 뛰어들어 죽기도 하며 독약을 마시거나 목을 매어 스스로 목숨을 끊기도 한다. 그들은 죽음을 마치 좋은 세상에라도 가는 듯이 잘한 것이라 생각한다. 이런 사람을 진정한 열녀라고 하겠지만 너무 지나친 것이 아닌가?

옛날 높은 벼슬에 오른 형제가 어느 날 집에 돌아와서 다른 사람의 벼슬 자리의 승진을 막자고 의논하였다. 그들의 어머니가 이야기를 듣고 말을 거들었다.

"애들아! 무엇 때문에 그 사람의 승진을 막으려고 하느냐?"

"그 어머니가 과부인데 행실에 대한 소문이 좋지 못합니다."

열녀의 죽음을 보고 그 수절한 의지에 감탄하는 한편, 조선 400년 동안 수절을 권장한 나머지 하찮은 여염집 아낙네들마저 수절을 철칙으로 삼아 청상과부로 한평생을 마친 사람이 많았음을 넌지시 비판한 글.

어머니가 놀란 듯이 말하였다.

"아니, 안방 안에서 일어난 일을 어떻게 알고 떠든다더냐?"

"풍문이 그러합니다."

"풍문이란 글자 그대로 바람처럼 떠도는 소문이다. 바람이라는 것은 소리는 들을 수 있어도 모양이 없으므로 눈으로 볼 수도 없고 손으로 만져 볼 수도 없는 것이다. 바람은 공중에서 일어나 만물을 흔든다. 마찬가지로 풍문도 아무 근거도 없이 일어나서 사람들을 흔들어 움직이게 한다. 그렇거늘 너희는 왜 근거도 없는 풍문을 가지고 그 사람의 앞길을 막으려고 하느냐? 게다가 너희는 과부인 나의 자식들이 아니냐? 과부의 자식이 과부의 처지를 왜 그렇게 몰라주느냐?"

그리고 그 여자는 품속에서 동전 한 닢을 꺼내어 놓았다.

"이 동전의 테두리 무늬가 보이느냐?"

"안 보입니다."

"거기 새겨진 문자는 보이느냐?"

"안 보입니다."

어머니는 소매 끝으로 눈물을 닦으며 말을 이었다.

"이 무늬는 내가 지난 10년 동안 하도 만져서 닳아 없어진 것이다. 너희 어미를 죽음의 충동으로부터 지켜 준 물건이다. 왜냐하면 사람의 혈기는 음양의 이치에 의하여 타고난 것이며, 감정과 욕망은 그 혈기에서 생겨나는 것이다. 생각은 홀로 있을 때 많아지고 고민은 그러한 생각 속에서 생겨나는 것이다. 혈기가 왕성할 때면 과부라고 어찌 감정이 없겠느냐? 등불의 그림자만 바라보며 밤을 지새울 때 처마 끝에 처량하게 들려 오는 빗방울 소리나 달 밝은 창가에 떨어지는 나뭇잎 소리를 들어 보아라. 게다가 저 멀리 하늘가에 외로운 기러기가 끼룩끼룩 울고 지나가면 처량한 신세를 누구한테 하소연하겠느냐? 곁에 누워 자는 어린 계집종이 속도 모르고 코 골며 잠에 곯아떨어져 있을 때, 나는 잠자리에서 일어나 이 동전을 꺼내어 방바닥에 아무렇게나 굴렸단다. 그러면 그 동전은 평평한 방바닥을 잘도 굴러가다가 구석진 곳을 만나면 쓰러지지. 나는 그 동전을 어둠 속에서 더듬어 찾아서 다시 굴린단다. 하룻밤 사이에 대여섯 번을 굴리고 나면 날이 새지. 이렇게 10년을 지나고 나니 그 다음부터는 동전 굴리는 횟수가 점점 적어지더구나. 나중에는 5일에 한 번 또는 10일에 한 번 정도 굴렸는데 이제 나이 먹고 노쇠하여지니 동전 굴리는 일이 더 이상 없어졌단다. 그러나 나는 이 동전을 싸고 또 싸서 수십 년 동안을 깊이 갈무리해 두었다. 이 동전의 공로를 잊지 않고 때때로 반성하는 계기로 삼기 위해서였다."

이 말을 들은 아들들은 어머니를 끌어안고 울었다고 한다.

이 이야기를 들은 사람들 모두 그 여자를 열녀라고 하였다. 그러나 애달픈 것은 그 여자의 깨끗한 절개가 이와 같은데도 밖으로 드러나지 않아 그 이름이 후대에 전해지지 않았다는 것이다. 게다가 수절하는 과부가 나라 전체를 놓고 볼 때 얼마나 많은가? 그러니 자기 목숨을 끊어 절개를 지켰다는 사실을 보이지 않고는 수절했다고 할 수도 없을 정도가 되어 버렸다.

내가 안의현감(安義縣監)으로 있던 다음해 어느 날 밤에 청사에서 잠을 자는데 청사 밖에서 사람들이 속삭이는 소리가 어렴풋이 들렸다. 한탄하는 소리 같았다. 아마 급한 일이 생긴 모양인데 내가 놀라 깰까봐 저희끼리 속삭이는 듯하였다. 나는 기침을 하고는 큰 소리로 물었다.

"지금 닭이 울었느냐?"

"서너 회 울었습니다."

"그런데 밖에 무슨 일이 있었느냐?"

"예! 저, 통인(通引)으로 있는 박상효(朴相孝)의 질녀가 함안으로 시집 갔는데 그 남편 삼년상인 오늘 자살을 하려고 약을 먹었다는 급보가 왔습니다. 마침

박상효가 숙직 당번이므로 영감님께 보고하지 않고 갈 수가 없어서 영감님께서 잠이 깨시기만을 기다리고 있습니다."

"그렇다면 빨리 가 보아라."

나는 서둘러 그 통인을 가도록 재촉하였다. 그러나 그 날 늦게 그 과부가 끝내 죽었다는 소식을 들었다. 길게 한숨 쉬며 한탄하였다.

"참으로 그 여자가 열녀로구나!"

나는 여러 아전을 불러모아 놓고 이렇게 말했다.

"함양에서 죽은 열녀는 본래 우리 안의(安義) 사람이라니, 너희 중에는 그 열녀의 나이와 또 몇 살에 어느 집으로 시집 갔으며 어릴 때의 행실은 어떠했는지 아는 자가 있느냐?"

아전들 중에 누군가가 말하였다.

"여자의 집안은 대대로 이 지방 아전 출신으로 그 아비 상일(相一)과 어미도 일찍 죽고 조부모 밑에서 자랐습니다. 열아홉 살에 함양의 아전 집안인 임술증(林述曾)의 처가 되었는데, 술증은 본래부터 쇠약한 체질이어서 그 여인과 결혼한 지 반 년도 되지 않아 죽었답니다. 그러자 박시 여인은 예절을 다하여 남편의 상을 치르고 효성을 다하여 시부모를 모셔 인근 마을 사람들이 모두 그 여인의 훌륭함을 칭송하였더니 마침내 자살을 하였답니다."

곁에서 이야기를 듣던 늙은 아전 한 사람이 덧붙였다.

"그 여인이 시집 가기 두어 달 전에 남편 될 사람이 병이 골수에 깊이 박혀서 오래 살 가망이 없다는 소문을 듣고 그의 조부모가 결혼을 물리자고 했지만 그 여인이 응낙하지 않았답니다. 그 뒤 결혼 날짜가 임박하여 사람들이 와서 신랑 감이 거의 죽게 되었다고 하자, 조부모가 다른 곳으로 시집 가기를 권유하였답니다. 그러나 그 여인이 말하기를, '지금까지 소녀가 마른 옷은 누구의 몸에 입히기 위한 옷이었겠습니까. 소녀는 처음 결정한 사람의 몸에 맞는 옷을 그대로 만들겠습니다.' 하였답니다. 그리하여 집안에서도 할 수 없이 그 신랑을 맞이하기는 하였으나 사실은 신랑 구실도 못하였다고 합니다."

그 일이 있은 지 얼마 뒤에 함양 군수 윤광석(尹光碩)은 그 여인에 대하여 이상한 꿈을 꾸고는 「열부전(烈婦傳)」을 지었고, 산청 현감 이면재(李勉齋)는 그 여인에 대한 전기문(傳記文)을 썼으며, 거창의 선비 신돈항(愼敦恒)도 그 여인의 절의와 행적을 칭송하였다.

내 지금 그 여인의 마음을 헤아려 보건대, 어린 나이에 과부가 되어 살아가면서 늘 그 주변 친척들의 동정은 얼마나 많이 들었겠으며, 속도 모르는 이웃 사람들의 근거 없는 입방아는 또 얼마나 많았겠는가? 차라리 빨리 이 세상을 하직하는 것만 같지 못하다고 생각하였을 것이다.

그런데 남편이 죽어서 성복(成服 : 염하는 것)할 때에 죽지 않은 것은 장례가 남아서이고, 장례 때 죽지 않은 것은 소상과 대상이 남았기 때문이었을 것이다. 비로소 대상을 끝내자 남편에게 봉사할 일은 끝났다고 생각한 것이다. 그리하여 그 여인은 그 남편의 대상날 유명을 달리하여 그의 처음 먹었던 마음을 이루었으니 이 어찌 열녀가 아닌가?

—『연암집』

단종이 왕위를 빼앗기고 영월에서 죽은 뒤에 영월 부사(寧越府使)가 부임한 첫날밤이었다. 밤에 촛불을 켜 놓고 혼자 앉아 있는데 갑자기 "쉬이, 행차 납신 다." 하는 경필(警蹕) 소리가 멀리서 들려 왔다. 그는 급히 뜰에 내려가 고개를 숙여 엎드리고 행차가 오기를 기다리니 과연 임금이 익선관에 곤룡포를 입고 대청 앞으로 다가와 하교하였다.

"내, 사형집행관 공생(貢生)에 의해 목이 매달려 죽었는데 내 목에는 아직 목을 졸라맨 끈이 그대로 묶여 있어 두통을 참을 수 없구나. 그래서 부사를 만나 보려고 여기에 오는데 하나같이 모두 놀라서 죽고 말았다. 지금 너는 그렇지 않으니 매우 가상하구나."

부사가 단종임을 알고 눈물을 흘리며 아뢰었다.

"신은 상감님의 남기신 몸이 어디 있는지를 모르옵니다."

"전호장(前戶長) 엄홍도(嚴興道)가 아느니라. 그에게 물어 보도록 하라."

단종은 하교가 끝나자 그만 사라지고 말았다. 다음날 아침 관속들이 대청 밖에 몰려와서 머뭇거리며 방안의 동정을 살폈다. 부사가 문을 열고 말했다.

"너희는 무슨 전갈을 하려고 이렇게 몰려왔느냐?"

"소인들이 죽을 죄를 졌사옵니다."

관속들이 엎드려서 전임 사또들이 귀신 때문에 죽은 사건을 이야기하였다. 부사는 한 번 웃고 이렇게 물어 보았다.

"그래, 이 고을에 전호장 엄홍도란 자가 있느냐?"

비극적인 역사의 주인공인 단종이 어린 나이에 영월에서 세조의 명을 받은 금부도사에게 교살당한 뒤에 시체도 거두지 못하자 그의 영혼이 나타나 자신의 시체를 안장해 달라고 했단는 이야기.

운고거사(雲皐居士) 성명을 숨기고 운고거사라는 필명으로 활동. 조선의 역대 국왕과 조신(朝臣)들의 국사 처리에 관련된 고사(故事)와 명사들의 기행(奇行), 기문(奇聞)을 수록한 『금계필담(錦溪筆談)』을 지음.

"있사옵니다."

부사는 아전을 시켜서 그를 불러오게 하여 단종의 혼령이 밤에 와서 이야기한 사실을 들려주었다. 엄홍도가 말했다.

"지난번에 금부도사 왕방연(王邦衍)이 사약을 가져왔을 때에 상황(上皇)께서 익선관에 곤룡포를 입고 대청 위에 앉아 계셨습니다. 왕방연이 그 앞에 꿇어앉아서 감히 사약을 올리지 못하자 상황께서 '내가 무슨 죄로 죽어야 한단 말이냐.' 하고 하교하셨습니다. 그 때 곁에 있던 공생이 활에 맨 줄을 상황의 목에 걸고 창문을 통하여 잡아당겨서 돌아가셨고 공생도 그 자리에서 입과 귀, 코등에 피를 흘리며 즉사하였습니다. 상황을 모시던 궁녀들도 모두 청영포(淸浦) 바위 아래 몸을 던져 죽었고 나중에 그곳을 낙화암이라고 불렀습니다. 그러자 고을 사람들이 화가 자신에게 미칠까 두려워 옥체를 강물에 던졌습니다. 그날 밤 신이 몰래 강물을 따라 내려가서 옥체를 건져다가 여기서 멀지 않은 곳에 묻었습니다. 그런데 활줄을 풀지 않았습니다."

부사는 엄홍도를 데리고 그곳에 찾아가서 묻힌 시체를 파보니 단종의 시체는 썩지도 않고 마치 살아 있을 때 모양 같았다. 그들은 시체의 목에 묶여 있는 활줄을 풀고 수의를 다시 입힌 뒤에 관에 모시어 다시 장사 지내었는데 그곳이 바로 현재의 장릉(莊陵)이다.

이날 밤 단종은 다시 대청 아래 와서 하교하였다.

"내 목에 활줄을 풀어 준 뒤로 머리 아픈 증세가 없어졌다. 너와 엄홍도는 모두 음덕(陰德)을 입어 훗날 좋은 대가를 받을 것이다."

그 뒤로 고을에서는 아무 일도 일어나지 않았다. 전해 오는 이야기에 따르면 당시 부사는 낙봉(駱峯) 박충원(朴充元)의 할아버지라고 했다. 박충원은 명종조의 신하로 이조판서와 대제학을 역임했는데 그가 쓴 장릉의 제문(祭文)에 이렇게 쓰여 있다.

"왕실의 맏아들로 어린 나이에 청산에 묻혀 만고의 원혼이 되었으며……."

참판인 조하망(曺夏望)의 시에는 "옛날 영월 땅에서 세 번 사양하여 왕위를 전해 주었는데 지금 강물 위에는 구의산(九疑山)만 서 있네." 하였는데 이 시는 당시 많은 사람의 입에서 회자되었다.

—『금계필담』

전기수는 동대문 밖에 살았는데 언문(諺文 : 한글)으로 된 소설이나 이야기를 늘 낭독하였다. 주로 「숙향전(淑香傳)」, 「소대성전(蘇大成傳)」, 「심청전(沈淸傳)」, 「설인귀전(薛仁貴傳)」 등 전기문이었다.

　매달 초하룻날에는 청계천의 첫번째 다리 밑에 앉아 낭독하고, 둘째 날은 두번째 다리 밑에서, 셋째 날은 배오개〔梨峴〕에서, 넷째 날은 교동(校洞) 어귀에서, 다섯째 날은 대사동(大寺洞) 어귀에서, 여섯째 날은 종루(鐘樓 : 종각) 앞에서 낭독한다. 이레째 되는 날부터는 대사동에서 시작하여 다시 내려갔다가 올라왔다가 하면서 한 달을 마친다. 새 달이 되면 앞에서 하던 순서대로 다시 시작한다.

　이 사람이 하도 소설책을 잘 읽으므로 많은 사람이 그를 둘러싸고 앉아서 듣는데, 가장 재미있는 대목에 가면 그만 읽던 것을 그치고 사람들을 돌아본다.

그러면 사람들은 그 다음 내용이 듣고 싶어서 다투어 가며 돈을 던져 주는데 이렇게 돈을 던지게 하는 방법을 '요전법(邀錢法)'이라고 하였다.

—『추재기이』

전기수(傳奇叟)란 글자 뜻대로 기이한 이야기를 전해 주는 늙은이라는 뜻이다. 조선 말기에 전기수라는 노인이 사람이 많이 모이는 번화한 곳을 찾아다니며 유명한 소설책을 읽어 주었다는 내용의 글이다.

조수삼(趙秀三) 1762~1849년. 조선 후기의 시인. 본관은 한양. 자는 지원(芝園), 호는 추재(秋齋). 문장과 시에 천재적 재질이 있어 6차에 걸쳐 중국을 내왕하면서 시명(詩名)을 날렸고 중국어에도 능했다. 83세에 사마시(司馬試)에 합격하여 세인의 격찬을 받았다. 풍도(風度), 시문(詩文), 공령(功令), 의학(醫學), 혁기(奕棋 : 바둑), 자묵(字墨), 강기(强記), 담론(談論), 복택(福澤), 수고(壽考)의 10복(福)을 갖춘 사람으로 10복 선생이라고 불렸고, 글씨도 잘 썼다. 저서로는 『추재시초(秋齋詩抄)』, 『추재기이(秋齋紀異)』 등이 있다.